KB054264

문학과지성 시인선 566

도시가스

이수명 시집

그림_이수명

문학과지성사

문학과지성사에서 펴낸 이수명의 시집

고양이 비디오를 보는 고양이(2004)
언제나 너무 많은 비들(2011)
마치(2014)
왜가리는 왜가리놀이를 한다(2015, 시인선 R)
물류창고(2018)

문학과지성 시인선 566

도시가스

초판 1쇄 발행 2022년 4월 14일
초판 2쇄 발행 2022년 5월 12일

지 은 이 이수명
펴 낸 이 이광호
주   간 이근혜
편   집 조은혜 최지인 이민희 박선우 방원경
펴 낸 곳 ㈜문학과지성사
등록번호 제1993-000098호
주   소 04034 서울 마포구 잔다리로7길 18(서교동 377-20)
전   화 02)338-7224
팩   스 02)323-4180(편집) 02)338-7221(영업)
전자우편 moonji@moonji.com
홈페이지 www.moonji.com

ⓒ 이수명, 2022. Printed in Seoul, Korea

ISBN 978-89-320-3997-8 03810

문학과지성 시인선 566

도시가스

이수명

시인의 말

매일 가스를 공급받을 수 있어
다행이다

2022년 4월
이수명

도시가스

차례

시인의 말

1부

꿈에 네가 나왔다   9

6월   10

창가에 서 있는 사람   11

도시가스   12

무단결석   14

주기적 여름의 교체   16

도시가스   18

물류창고   20

비가 내리는데   22

도시가스   24

옥상   26

물류창고   28

빛을 세워도 좋을까   30

도시가스   32

차를 세우고   34

물류창고   35

밖에 있는 사람   38

도시가스   40

연못에 들어가면 안 돼요   42

로비에서 보기로 했다   44

도시가스   46

올해의 마지막 날들   48

겨울   50

가스관   51

2부

이 노을   55

처음부터 다시   56

해피 뉴 이어   57

유령처럼   58

같이 비가 내려요   60

철물점   61

즐거운 여행   62

눈 오는 날   64

명랑한 커피   66

페이크삭스   67

최후의 산책   68

풀 위에서 웃었다   70

완전한 나무들   72

음 소거   74

4단지   76

다른 날   78

비와 춤을 춘다   80

3부

티타임   83

잠자는 책   84

조용한 생활   85

적당한 사람   88

에티오피아식 인사   90

물푸레나무   92

정적이 흐른다   94

내일은 더 추워진다고 해요   96

흑맥주 마시러 가는 오후   98

팝콘   100

근린공원   103

아파트 공사장   106

확실한 것은 아니야   108

운동을 시작해볼까요   110

그냥 내버려두었다   112

해설

무의 광장·강동호   114

1부

꿈에 네가 나왔다

꿈에 네가 나왔다.
네가 누더기를 걸치고 있었다. 왜 누더기를 입고 있니
누더기가 되어버렸어
날씨가 나쁜 날에는 몸을 똑바로 세울 수 없는 날에는
누더기 옷을 꺼내 입는다고 했다.

꿈에 네가 나왔다.
꿈속을 네가 지나가고 있었다. 너무 자연스럽게 걸어
가서
너무 쓸쓸해서 땅에서 돌멩이를 주웠는데
빛을 다 잃은 것이었다.

돌벽 앞에 네가 한동안 서 있었다.
나는 돌벽이 무너질 것 같다고 피하라고 했는데
너는 집을 나와서 천천히 산책 중이라고 했다.

꿈에 네가 나왔다.
아주 짧은 꿈이었다.

6월

너는 신문을 넘긴다. 똑바로 누워 자는 자세가 좋을 거야, 너는 말한다. 그렇군, 나는 대답한다. 똑바로 누워 아무 생각도 하지 않는 게 좋을 거야, 너는 말한다. 이미 아무 생각도 나지 않으니 되었군, 나는 대답한다. 너는 신문을 계속 뒤적거린다. 너무 일찍 눕지 않는 게 좋을 거야, 깊은 수면이 도와줄 거야, 너는 말한다. 깊은 수면이 도와준다고? 나는 묻는다. 깊은 수면이 보고 싶어

너는 신문을 접는다. 깊은 수면에서 더 깊은 수면으로, 더 깊은 수면에서 더 깊은 수면으로 가는 게 좋을 거야, 너는 말한다. 그렇군, 나는 대답한다. 나는 깊은 수면으로 갈 거야

너는 신문을 다시 펼친다. 너무 늦게 눕지 않는 게 좋을 거야, 미리 잠을 좀 자두는 게 좋을 거야, 너는 말한다. 지금은 얕은 잠을 더 자고 싶을 뿐이야, 나는 대답한다. 점진적으로 잠과 일치하려고 노력하는 중이야, 벌써 아파트의 불들이 하나씩 꺼지고 있어

창가에 서 있는 사람

그는 지금 아무것도 아니고 아무의 사람도 아니고 아무 생각도 아무 계획도 없이 그냥 아무 창가에 서 있고

창은 네모난 창 마주 보는 변의 길이가 같은 창 마주 보는 각들이 평온한 창 거꾸로 세워도 똑같은 그러나 오늘은 전보다 조금 넓어진 듯 보이고

안녕, 지나가는 사람들이 말을 건네면 안녕, 대답하고 요즘 좋아 보여, 하면 요즘 좋아, 똑같이 말하고

거기서 뭐 해?

걷는 상상을 해

창밖으로는 차들이 지나가고 차들이 불을 켜고 환하게 지나가고

뛰어내리는 상상

그러나 창이 곧 사라져버리고

도시가스

안녕하세요

이곳에서
안녕하세요

밤과 낮이 교대해요
안정이 되었나요

하루에도 몇 차례씩
가스를 열었다가 잠그고
잠갔다가 연다.

밸브에서 가스가 새는지 확인한다.
밸브를 잠그고 생각한다.

환기를 시키고
여기에 남아 있으렵니다.

잠이 오면 어떻게 하지?

하품을 하고 나서
잠이 달아나버리면 어찌할 것인가?

바닥에는 배관이 잔뜩 매립되어 있다.

배관 교체를 해야 한다고 한다.
어떤 배관이 좋은지 문의한다.
모든 제품이 최신형이고 다 좋다고 한다.
그것으로 충분해요
오늘은 모형 자동차 굿즈를 구입한 날이다.

무단결석

아침에 일어나면 물부터 마신다.
흐린 눈앞에 무분별한 책들이 꽂혀 있는
책장이 흔들리는
아침은 우울해
아침 담배는 우울해
아침 빛이 너무 쓸쓸해서
빛에 무엇을 비춰볼 엄두가 안 난다.
오늘 무엇을 원하는지 생각해보다가
비행기 시간을 검색해보다가
출발하는 것이 싫어 아무 곳도 가고 싶지 않다.

정오가 지나 타이레놀을 두 알 먹고
빌려온 책을 뒤적거린다.
일주일 연체된 책을 다 읽지는 못할 것 같다.
이 일을 미루고 저 일을 미루고
멀쩡한 약속을 깨고
일주일 치 필요한 식료품 목록을 짜다가 집어던진다.
물을 한 잔 더 마시고 지하실로 내려갈까
지렁이와 이야기를 나눌까

최근에 발견한 지렁이에게
같이 죽자고 말하는 대신 그래도 잘 지낸다고
말하는 게 좋겠지

창을 뚫고 들어오는 나뭇가지가 있어
그것이 머릿속을 뚫고 들어올지 잠시 생각한다.
손이나 몸이 나뭇가지가 될지도 모른다.
나무가 되기 전에
나뭇가지가 되기 전에 일어나
주방에 타일을 붙일까
하나를 붙이면 다른 하나가 떨어지고 그것을 붙이면
처음 것이 떨어지는
이상한 타일 붙이기를 하고 있을 때
계속 여기 머물러 있는 것이 좋은지
알지 못한다. 어디로 옮겨 가는 것이 좋은지
알지 못한다. 그래도
신음 소리는 내지 않는다.
떨어진 타일들이 움직이는 것만
바라보고 있다.

주기적 여름의 교체

여름이 왔을 때
나는 일을 그만두려는 중이었다.
거의 일을 하지 않고 있었다.
잠시 쉬고 싶어

아침에는 읽던 책의 페이지를 찾을 수 없었고 저장했
던 파일을 찾을 수 없었다.
지금은 왜 이 낯선 거리를 걷고 있는지 알 수 없었다.
아주 긴 그림자가 둥둥 떠다니는데
거리가 흔들리는 느낌이었고
오픈한 상가의 스카이댄스 인형이 펄럭펄럭 춤을 추고
있었다.

남은 5월의 날들과 6월의 날들 7월의 날들을 세어보
았다.
빛이 한 나무에 도착해 붉은 이파리 초록 이파리 은빛
이파리를 동시에 만들어내는 것을 보았다.
빛 속을 날고 있는 벌레들은
해가 조금씩 길어지는 여름에 자신의 위치를 알게 되

었는지

　공중에 지체하는 시간이 늘었다.

　공중에서 또렷이

　해가 멈춘 것 같은 여름

　여름에는 죽은 자들도 모두 보였다.

　나는 계속 걸어갔다. 주기적으로 여름이 와서 이번에
는 좀 간단하게 자유 여행을 하고 싶을 뿐이었다.

　건물의 유리를 교체하는 사람들이 유리에 붙어 있었다.

　유리를 붙잡고 빙빙 돌고 있었다.

　모두 좋은 시간을 보내고 싶은 사람들과 좋은 시간을
보내는 사람들이었다.

도시가스

짐을 가지고 오지 마
짐을 항상 너무 많이 가지고 오잖아
짐을 둘 데도 없잖아
거리를 걸어가다 말고 같은 시간 같은 길
짐을 내려놓고 우리는 또 말다툼을 한다.

장소부터 말해봐
어느 국수집으로 가는 건지
아까 본 베트남 쌀국수는 사거리 번화가에 있고
베트남 쌀국수는 어디에도 있다. 다음 골목에도
베트남 쌀국수 계속 베트남 쌀국수

어느 집으로 갈 건지
베트남 쌀국수 집엔 사람이 많아
항상 많잖아
테이블이 몇 개 붙어 있는 좁은 집인데 사람이 너무 많
아 들어갈 수 없잖아

너는 길바닥에 쭈그리고 앉는다.

여기서 가장 가까운 데를 검색해보자
네가 좋아하는 숙주나물을 잔뜩 얹어주는 곳
우리는 설익은 나물을 씹으며 평소의 표정을 지을 거야
먼 곳을 바라보며 가능하면 보편적인 표정을
보편적인 나물 앞에서

근데 거기는 자주 갔던 곳이야
자주 만나지도 않았잖아
우리는 같은 시간 같은 길에서 맞춰지지 않는 말을 계
속한다.
번갈아 대화를 놓친다. 대화가 아니라 애원을 한다.
내일 가자고 했잖아
거기는 아름다운 지역으로 알려져 있잖아

오토바이가 지나간다. 가스통을 싣고 달려간다.
하나 둘 셋 넷
가스통을 너무 많이 싣고 간다.
위험한 오토바이 위험한 가스통
서울은 거의 모든 가구에서 도시가스를 사용한다.

물류창고

그는 창고에서 아무것도 하지 않는다.

오랜만이야, 만나서 반가워, 비슷한 말을 반복하며

술을 마시지도 담배를 피우지도 않는다.

고함을 지르거나 울지도 않는다.

뾰족한 모자를 쓰고 있지도 않다.

그는 조용히 앉아 있다.

테이블들이 나란히 놓여 있어 사람들이 빼곡하게 앉아 있어

빠져나가기가 어려울 뿐이다.

벌써 곯아떨어진 사람들과 무어라 외치며

술잔을 들어 올린 손들과

쏟아지는 욕지거리들 사이로

빠져나가기가 어려울 뿐이다.

그는 날벌레를 본다. 테이블로 날아들었다가

잠깐 눈앞을 빙빙 돌다가

다시 테이블을 빠져나가는 벌레를 본다.

앞에 앉은 사람이 넌 한 잔 마셔야 한다고 말한다. 딱 한 잔만 하라고

앞에서 혼자 떠들어댄다.

앞에 있는

앞에 있는 사람에게서

빠져나가기가 어려울 뿐이다.

할 수 없이 그는 술을 마신다.

앞에 있는 앞에 있는

잔을 든다. 언제 다시 돌아왔는지

날벌레가 술잔에 빠져 있다.

빠진 벌레를 건져내고

건져낸 벌레를 본다. 벌레는 조용히 놓여 있다.

그는 그대로 앉아 있다.

테이블들이 너무 붙어 있어 테이블마다 사람들이 뭉쳐

있어

이렇게 그냥 앉아 있을 수밖에 없다.

일어섰다가 다시 앉을 수밖에 없다.

그러면 빠져나가지 않아도 된다.

그는 창고에서 아무것도 하지 않는다.

오랜만이야, 만나서 반가워, 비슷한 말을 반복하며

벌레를 건져낸 술잔을 누군가와 부딪친 것처럼

주변을 두리번거리며

비가 내리는데

비가 내리는데
차를 몰고 나간다.
얇은 건물들 사이로 비가 내리는데
건물 청소를 하는 사람이 있다.
그러고 보니 비가 내리는데
그 건물은 개조되어 있다.

비가 내리는데
어떤 사람은 원룸에 있고
어떤 사람은 그 옆에 똑같은 원룸에 있고
어떤 사람은 원룸에서 나와 죽어간다.

비가 내리는데 계속 차를 몰고 갈 거예요?

빗속을 돌아다니는 차들이 슬퍼요
돌아다니다가 공평하게 원점으로 다시 돌아오는 것이
슬퍼요

차를 몰고 싶지 않은데

그 무엇도 이제는 몰고 싶지 않은데
벼랑 끝으로 몰고 가고 싶지 않은데

비가 내리는데

차를 그만 도중에 버리고 싶은데

문을 조금만 열어두지 않겠니
빗소리를 들으려고
빗속으로 읽던 책을 던져버린다.

차츰 거리에 차들이 많아진다.
언제부터 나온 차들인지 모른다. 조용히
나란히 움직이는 차들 속으로 끼어든다.
깜빡이를 켜고
빨간 차와 검은 차 사이로 끼어든다.

도시가스

썩은 광장을 따라 걸었지

썩은 낙엽 썩은 사과가 굴러다니고

게임을 난 할 줄 모르지 손가락으로 화면을 두드리는 법을 배워야 한다고 너는 말한다. 나는 배워야 한다. 두드리고 계속 두드리는 것을 새로운 공격을 하는 것을 그래, 각오를 다진다.

장갑을 벗고 흰 장갑을 벗고 장갑을 치우고 손을 치우고 배워야 한다.

바닥에 한 사람이 신문지를 깔고 누워 있다. 신문지를 덮고 누워 있다. 몇 장은 둥근 맨홀 뚜껑으로 굴러가서 뒹군다.

맨홀 뚜껑에는 도시가스라 씌어져 있다. 뚜껑을 열지는 않는다.

가스가 있다. 우리에게는 가스가 있다. 가스는 색깔이 없고 냄새가 없고 무게가 없고 가스는 소리가 없고 보이지도 않고 그러나 가스는 부드럽고 가스는 온화하고 가스는 은은하게 순조롭게 우리에게 흘러들어오고 가스는 우리를 어루만지고 우리의 생각은 온통 가스로 가득 차 있다. 도시가스 보급이 전국으로 확대되었다. 그래서

산책 같은 건 필요 없다. 산책길에 해가 떨어지는 것을 바라보는 것은 소용없다. 해는 우리가 인사도 하기 전에 빨리 떨어지고

저기 광장의 끝이 벌써 보인다. 끝을 향해 제대로 나 있는 길 반듯한 길을 따라 걷는다. 썩은 광장에 당신은 서 있어요 입에서는 태만한 노래가 흘러나오고

너는 반듯한 이마를 들고 이번에는 제발 좀 가만히 있으라고 말한다. 화면을 두드리지 말라고 썩은 손가락을 사용하지 말라고 한다. 나는 사용하지 않는다. 새로 나온 게임을 배우지 않는다.

옥상

오늘은 옥상을 개방하지 않습니다

하루에 한 번씩은 올라가던 건물의 옥상
거기 걸터앉아 바라보면
하루에 한 번씩은 사라지던 태양

사람이 하나도 없는 옥상을 빙빙 돌 때
이팝나무 명자나무 치자나무를 빙빙 돌 때

어느 날 새를 주웠지
한 번에 알려줄게 너에게 말했지
새가 되는 법을

새를 동그랗게 뭉쳐
나무 위에 다시 올려놓는 거야

그러면 새가 되는 법을 알 수 없게 된다.
단조로운 생활을 할 수 있게 된다.

멀리 갈 필요가 없다.
갑자기 떠오른 것처럼 건물 옥상으로 올라가면 된다.

옥상은 싫증이 난다.
이팝나무 명자나무 치자나무가 전면에 보여서 싫증이
난다.
나무들이 태양을 가려서 싫증이 난다.

옥상에서는 늘 쫓겨난다.

오늘은 옥상을 개방하지 않습니다
갑자기 막아서는 문구처럼

새가 되는 법을 알 수 없게 된다.

물류창고

그는 묻는다 취미가 뭐지? 창밖으로 방향을 잃고 내리는 비들 가까워졌다 멀어지며 부딪히는 직선들 그는 생선 머리를 자르며 말한다 시간이 없어

나는 발끝으로 서 있다 시간은 어디로 간 것일까 아침에는 아침을 먹고 점심에는 점심을 저녁에는 저녁을 먹었는데 천장에 매달린 형광등은 계속 깜빡거리고 창밖으로 차가 한 대도 지나가지 않아 틀렸어 우리는 모두 현실 감각을 잃었어

어떤 사람은 주먹을 휘두른다 어떤 사람은 밝은 곳으로 가서 쪽지를 꺼내 읽는다 *쓰러지는 사람이 여기 있다* 읽고 또 읽는다 어떤 사람은 오늘 산 깨끗한 옷을 입고 있다 어떤 사람은 기다란 병에 대고 침을 뱉는다

그는 말한다 또한 물류 관리에 대해 살펴보자 이 식사는 잘못됐어 이 포장은 제멋대로고 포장지는 찢겨 있고 포장 기계는 고장 났어 자리만 차지하고 있어 이 끈은 느슨하고 이 케이스는 맞지 않아 이 날짜로는 안 돼 도저히

안 돼 우리는 시간이 없어 그는 묻는다 취미가 뭐지?

　빌어먹을
　밀봉된 식재료를 영구 보관하는 이 창고에서
　이 형편없는 요리에서 그만 물러서라고

　우리는 모여 앉아 생선을 한 토막씩 먹는다 접시에 놓
인 생선을 뒤집어가며 후벼 판다 식사는 끝나지 않는다
그는 테이블을 옮겨 다니며 생선 머리를 자른다 *쓰러지*
는 생선이 여기 있다 방향을 잃고 내리는 비들 생선 가시
들이 어질러져 있는 테이블들 저항하는 포즈를 취하며
우리는

　시간을 빼앗겼어

　어떤 사람은 노래를 부른다 어떤 사람은 노래를 부르
라고 한다 어떤 사람은 술을 마신다 어떤 사람은 술을 산
다고 한다 어떤 사람은 빗속으로 사라진다

빛을 세워도 좋을까

아침에 일어나면 아침에 갇힌 것 같고 밤에 누우면 밤에 갇힌 것 같다.

백사장에 다시 가고 싶다. 백사장에서 다시 모래를 파고 싶다.

모래를 파고 흙을 파고 흙을 뒤집고 모래를 손에 얹고 그러다 나도 모르게 잠들지도 모른다. 흙을 파다가 모래 속에 파묻힐지도 모른다.

아니 모래 속에 이미 들어 있는 누군가를 불현듯 발견할지 모른다.
모래 속에 누워 있는 사람 모래 속을 돌아다니는 사람

아마 피로를 푸는 것이라고 피로가 쌓인 것이라고
그래도 그는 너무 가볍다.

그를 빛에 비춰본다. 잠깐 같이 있는다. 그에게 빛을 세워도 좋을까 똑바로 세워놓아도 좋을까 그는 가볍다. 그를 모래 속에 남겨두고 떠난다. 백사장을 떠난다.

백사장에 다시 가고 싶다. 무얼 해도 피로를 풀 수가 없다. 피로가 쌓인 것이라고

햇살이 뜨거워진다. 햇살에 갇힌 것 같고

모래를 털며 모래에서 걸어 나오는 사람을 본다.

도시가스

바람 좀 쐬고 올게

무를 사 온다. 뭇국을 끓이자
무를 씻고 자른다. 작은 네모로 잘린 무의 조각들
똑같고 분별하기 힘들고 한입에 먹기가 쉽고
이 집에서 무슨 무를 자르고 있는지는 중요하지 않아

물구나무서기를 5분 더 하고
집 안에 들어온 벌레들이 돌아다니게 내버려두자
발에 밟히는 벌레들 문틈으로 계속 들어와도 신경 쓰
지 말자
어디선가 낮은 허밍 소리가 들려오고

시간이 충분하니
응 충분해
올라오는 거품들을 국자로 조금씩 걷어낼 시간
미처 다 보지 못할 시간
무에 난 작은 작은 구멍들을

뭇국이 끓는다.
이 집에서 무슨 무를 끓이고 있는지는 중요하지 않아
가스레인지에서 푸른 불꽃이 올라온다.
가스 불을 세게 했다가 서서히 줄인다.
국이 끓어 넘치지 않도록

무턱대고 이 낮은
단조로운 허밍을 따라가는 거야
아무도 모르게 허밍을 시작하는 거야
허밍에서 허밍으로 스러져가는 거야

바람 좀 쐬고 올게 가스 불을 약하게 켜두고
식사를 차리는 것을 미루고
나뭇가지가 바람에 흔들거리는 것을 보고 올게
나무 아래로 환자복을 입은 환자들이 여럿 앉아 있고
한 환자는 처음 듣는 노래를 부른다.

차를 세우고

어디에 차를 세울까

어제도 집 앞에 세우고 그제도 집 앞에 세우고 일주일 전에도 한 달 전에도 계속 계속 집 앞에 세우고 어김없이 그랬다. 그런데 오늘은 세우지 못했다. 집 앞에서 한 아이가 울고 있었다. 정면을 바라보며 울고 있었다. 집 주위를 빙빙 돌았는데 한 바퀴 돌고 두 바퀴 돌았는데 계속 아이가 울고 있었다. 계속 거기에 있었다. 누군지 모르겠다. 어디에 차를 세울까

어두운 골목길에 차를 세우고 오니 아이는 없었다. 어디로 갔는지 모르겠다. 왜 우냐고 물어보려 했는데 땅을 내려다보며 울지 않았다고 대답할지도 모르는데 사라져버렸다. 나는 집 안으로 들어갔다.

물류창고

책꽂이에 꽂힌 책들은 늘 꽂혀 있기만 해요
한 권을 꺼내 한 부분을 읽습니다
장마철 배추 저장법
배추는 1년 내내 먹는 대표적 채소로서
잘려진 배추보다는 통배추를 구입하여 신문지로 싸서
야채실에 보관합니다

나는 책을 한 페이지만 한 문단만 읽는 부류예요
한 문장만 떼어내 읽는 버릇이 있어요
전처럼 여기저기 닥치는 대로 읽지를 않아요
책은 불안을 키워요
책을 읽으면 책을 읽지 않는 것이 좋을 것 같고 책을
읽지 않으면 책을 읽는 것이 좋을 것 같아요

책을 꽂고 반 접혀 배달되는 신문을 펼쳐봅니다
신문도 제목 위주로 보는 게 전부예요
다 읽는 기사는 별로 없어요 기사는 필요 없어요
기사를 읽다가 대개 중간에 그만둡니다

신문 사이에 끼어 있는 광고지나 전단지 들이 바닥에
떨어지고
재활용 통에 넣다가 말고 광고지를 들여다봅니다
물류창고 대방출
캠핑용품 최대 90% 할인
단 이틀만 진행되는 폭탄 세일을 놓치지 마세요

읽는 일은 뭐든 재미없어요 읽으면서 뭐든 상관없어
져요
읽는 일을 그만두고 바깥 공기를 쐬러 나갑니다

증명사진 가족사진 여권 사진 프로필 사진 단체 사진
이라 씌어져 있는
사진관 앞을 지나갑니다 세상에 얼마나 많은 사진들이
있는지 그러나
사진관은 녹슬고 셔터는 내려져 있고 문을 열려는 아
무 노력도 하지 않습니다
이 구역은 주택재개발 정비 구역으로 지정되었습니다
이렇게 씌어져 있어요

아무 노력 없이 노력 없이 하늘은 넓습니다 하늘 아래
아무 노력 없이 노력 없이 나는 서 있습니다
아무런 변함 없이 도시에서 살아가는 중입니다
여기서는 날벌레들의 모습을 찾아볼 수 없습니다

폰에는 구청에서 보낸 긴급재난문자가 도착해 있습니다
나는 무엇을 하려던 것일까요
사라집니다 방금 있었는데 하려던 것이 사라집니다 현실은 나를 사라지게 합니다
그러나 생각해보니 하려던 무엇이 그 무엇도 아닐 거예요
돌아오는 길에는 어제 폭우로 생긴 큰 진흙탕이 보였는데
진흙탕이 마치 움직이는 것만 같아요

밖에 있는 사람

한밤중에 일어나면
한밤중에
집 밖에 서 있는 사람이 있다.
나는 안에 있어
그 사람이 누구인지 모른다.
그 사람은 머리가 짧아 보인다.
바람에 날아가지도 않고
한쪽으로 기울어지지도 않고
어둠 속에 부풀어 오르지도 않는다.
그 사람은 까맣다.
그 사람은 밖에서 까맣게 서 있다.
한동안 그 사람으로 있다.
하지만 어쩌면 그 사람은 그 사람이 아닌지도 모른다.
밖에 서 있는 동안 그 사람 비슷한 것이 되었는지도 모른다.
그 사람을 지나가는
사람들도 다 비슷하고 어떤 사람은 지나가면서 입을 가리고 무어라고 얘기하지만
입을 가린 채 비슷하고

비슷한 것은 계속 비슷한 것으로 있다. 나는 안에서 계속 안에 있다.

이제 비슷한 것에게 오늘의 작별 인사를 한다.

어쩌면 다른 것에게 했는지도 모른다. 밖에 있는 또 다른

도시가스

평일에는 외출을 해야 해서 안전 점검을 할 수 없어요

평일에는 마트에 가서 커다란 무를 사야 해서 점검을
할 수 없어요

무를 들고 와서 무를 잘라서 물을 넣은 유리병에 세워
놓느라고 점검을 할 수 없어요

물에 잠긴 무를 보고 있어서 점검을 할 수 없어요

평일에는 쇼핑 카트를 끌고 외출을 해야 해서 안전 점
검을 할 수 없어요

평일에는 점포 이전 후 새로 단장한 마트에 가서 입구
쪽에 진열된 커다란 무들 사이를 헤집고 다녀야 해서 점
검을 할 수 없어요

새로 사 온 무 옆에 유리병들을 늘어놓고 어떤 유리병
이 적당한지 고르느라고 점검을 할 수 없어요

무를 새로운 형태로 잘라서 물을 넣은 둥근 유리병에
세워놓느라고 점검을 할 수 없어요

어제 물에 잠긴 무 옆에 오늘 물에 잠긴 무를 보고 있
어서 점검을 할 수 없어요

평일에는 아침부터 물에 잠긴 무를 보고 있어서 무에
매달려 있는 짧고 푸른 잎들을 보고 있어서 점검을 할 수
없어요

연못에 들어가면 안 돼요

연못에 들어가면 안 돼요 연못에는 물이 흐르고
연못에는 전기가 흐르고
거기에 몸을 굽히면 안 돼요 이런, 벌써 허리를 구부리
고 있네요
연못에는 처음 보는 평화로운 시간이 흘러가고

무엇이 살아 있는지 연못 속을 들여다본다.
모두 죽은 것 같다. 물고기들이 죽어서
바닥 깊이 박혀 있는 것 같다. 그리고 어느 날
죽은 줄 알았던 물고기들이 살아날지도 모르지만

아무에게도 들키지 않고 나 혼자
죽은 사람처럼 여기
서 있어도 괜찮지만

연못에 들어가면 안 돼요 몸에 물이 닿으면 안 돼요 전
기가
흐르면 안 돼요 시간이 자동으로 흘러가요
연못에는 아무도 없고

아무 계획도 아무 비밀도 없고

오직 전기 모터가 작동되는 소리만 요란하게 들린다.
연못에 들어가면 안 돼요 막아서는 팻말이 있어
방향을 잃고
지나가는 비가 떨어지면 안 돼요 그쪽으로 가면 안 됩
니다
그냥 벗어놓은 구두를 던지면 된다.
연못 위를 한참 날아가다가
일시에 사라져버리는 구두면 된다.

로비에서 보기로 했다

로비에서 보기로 했다.
전자 출입 명부 QR 체크인을 하는 곳

먼저 와서 기다린다.
그가 도착하면 따라나서야 한다.
잠자코 따라가면 된다고 들었다.

실시간 앞을 보고
뒤를 돌아본다.

작업복 차림의 남자 둘이 손에 밧줄을 들고 지나간다.

구석에는 전시용 수족관이 있다. 물고기는 없고

수족관 안에 병이 가득 들어 있다. 플라스틱 병과 유리
병과 고무 병과 알록달록한 색깔이 있는 병과

그냥 검은 병과 상품 라벨이 있는 병과 라벨이 뜯겨 나
간 병과 크고 작은 병이 아직 깨지지 않은 병과 깨진 병들

이 있다. 입을 벌리고 있는 병과 거꾸로 박힌 병이 있다.

　남자 둘이 다시 돌아온다. 밧줄을 사방으로 늘어놓았다가 둘이 양 끝을 잡았다가 둥글게 감는다. 이 과정을 처음부터 다시 정확하게 되풀이한다.

　그는 아직 오지 않는다. 이 부근에서 헤매는 건 아닌가 오다가 마음이 바뀌어 돌아간 것은 아닌가 들어오지는 않고 이 크고 환한 건물 앞에 갑자기 못 박힌 듯 서 있는 것은 아닌가

　병들은 빛난다. 물속에서 병들은 무슨 소리를 낸다. 나는 잘 알아듣지 못한다. 윙— 하는 소리를 휘파람 소리를 박수를 치는 것 같은 소리를 웅얼거리는 소리를 되는대로 그러나 이윽고 조용해지고 병들은 모두 입을 벌린 채

　그냥 어른거리기만 한다.

도시가스

이제 나는 혼자서 시간을 보낸다.
주머니에는 도시가스 사용 고지서가 들어 있다. 핸드
폰은 무음 모드
버스 정류장을 지나간다.
무를 나르는 사람을 본다.

그는 낮에 트럭에서 무를 내려 박스에 담았다가
밤에 박스에서 무를 꺼내 다시 트럭에 싣는다.
낮에 트럭에서 밤을 내려 박스에 담았다가
밤에 무에서 낮을 꺼내 다시 트럭에 싣는다.

길은 낙엽으로 덮여 있다.
은행잎 단풍잎 벚나무잎 미루나무잎 떡갈나무잎을 밟
고 지나간다.
썩을 때까지는 아직 며칠이 남아 있어서
가을 잎들이 이곳저곳으로 뒹굴고 있다.

낙엽에 발을 빠뜨리지 않고 걸어간다.
오늘은 더 멀리 가지는 않을 것이다.

서울 도시가스공사 고객 센터가 저기 보인다.
그 앞에 멈춰 설 것이다.

잠깐 쉬는 것처럼 서 있다.
어제와 같은 장소에 몸이 놓이면 쉬는 흉내를 낼 수
있다.
가스공사 앞에서 생각한다. 둥글고 매끈한 무
한 다발씩 묶여 있던 무

낮에 무에서 밤을 꺼내 걸어간다.
이 구역에는 사람들이 잘 보이지 않는다.

좋은 날씨는 아니다.
바람이 나를 쓰러뜨린다.
어디서 불어온 바람인지 모르겠다.
무슨 바람인지도

올해의 마지막 날들

방을 청소한다. 방을 쓸고 책상을 쓸고 책꽂이를 쓸고 서랍을 쓸고 쓸어 엎고 올해 남은 날들이 며칠 안 되고 며칠 안 남은 것들을 쓸어 담으려고

떨어져 돌아다니는 머리카락이 있다. 하나 둘 셋 여기저기 끊어진 머리카락들, 뭔가 더 있다. 작은 실밥이 돌아다닌다. 더 가늘고 희미한 실오라기를 집어 올린다. 한 가닥 집어 올리고 두 가닥 집어 올리고 실오라기들이 방에서 계속 나온다.

바닥에서 벽에서 잘 보이지도 않는 실 부스러기들이 나온다. 보이지도 않게 옮겨 다닌다.

자꾸 말이 끊기고 있다. 끊어진 말 사이에서 청소를 한다. 청소 사이에 가구가 있다. 가구 사이에 올해의 마지막 날들이 있다. 마지막 날들의 실오라기를 집어 올린다. 이 날들에서 조금 더 지나면 다른 것이 끊어질 것이다. 이를테면 새로운 소식이 완전히 끊어질 것이다.

청소를 끝내고 외출 준비를 한다. 코트에 어울리는 모자를 고른다. 모자에 실오라기가 붙어 있다. 옷의 앞에도 뒤에도 조용히 붙어 있다.

겨울

그때 너와 나는 인사를 나누는 잘못을 한 것 같고 겨울
이 오는 잘못을 한 것 같다.

겨울이 오면 우리는 잊었던 잘못을 한다.

거리에 서서 거리를 나란히 걸으면서 계속 똑같은 거
리를 걸어가는 사람들의 잘못을 좋아한다.

그러면 우리와 비슷한 말을 하는 사람이 있을지도 모
른다. 그때 너와 나는 조금 미친 것 같은 말을 햇살이 비
친다는 말을 한 것 같다.

해가 짧아지는 충동적인 나무 옆에

처음으로 말을 시작하는 사람이 있을지도 모른다.

우리가 몰아내지 않으면 우리를 둘러싼 이 짙은 안개
가 물러날 것이다. 그때 너와 나는 여기저기 생겨나는 안
개처럼 보일 것이다.

다가오는 것인지 멀어지는 것인지 알 수 없는 건물들
이 터무니없이

안개 속에 너무 깊게 박혀 있는 듯 보일 것이다.

가스관

가스관이 노출되어 있다.

가스관이 외부에 노출되어 있다.

그게 좋겠다.

아름다운 경관이 좋겠다.

수직으로 수평으로 가스관은 대열을 이루어 기어가고
있다.

기계적으로 충돌하지 않고

외벽을 덮고 있다. 순수한 가스관

일상생활이라는 테마가 좋겠다.

버려진 다세대 주택가는 붉은 가스관으로 뒤덮여 있다.

주택 전체가 팔려서 마을 전체가 팔려버려서

우거진 잡초 속 가스관 위를 걸어 다니는 사람들이

가스관에 들러붙은 것처럼 보인다.

노후한 가스관을 타고 내려간 사람들이 사방으로 무한
히 뻗어나가고 있다.

2부

이 노을

이 노을…… 이 노을…… 이 노을 속으로 한 무리의 새들이 떠내려간다. 이 노을…… 이 노을 속으로…… 하늘을 뒤덮는 이 노을 속으로…… 머리 위를 빙빙 도는 헬리콥터가 멀어진다. 한꺼번에 이 노을…… 이 피곤한 노을 속으로…… 갑자기 기동대…… 여러 조로 편성된 도시의 기동대가 나타났다가 자취를 감춘다. 똑같은 옷을 입은 대원들의 행렬도 곧 보이지 않게 되고 밀려드는 이 노을 속으로…… 도시는 휩쓸려간다. 모두 다 휩쓸린다. 간단한 일이다. 네가 그렇게 가만히 서 있어도 이 노을…… 아무것도 그려져 있지 않은 노을 속으로 너는 조금씩 사라지는 중이다. 살아 있는 채 없어지는 중이다. 너는 손발이 벌써 없어진 옆 사람에게 괜찮냐고 물어본다. 괜찮아…… 이 노을…… 이 찢어진 노을 속으로 모두가 중단 없이 비틀대며 걸어가는 중이다.

처음부터 다시

어두워지는 동안 한 차례 숨이 끊기고 생각을 멈추고 나는 벌레들 사이를 걷는다. 사나운 벌레들 어디서 왔는지 알 수 없는 벌레들이 일제히 울기 시작한다. 땅바닥을 기어 다니는 울음, 그만 울어라 말하려는 순간 울음끼리 부딪치는 것을 본다. 울음들이 어긋나는 것을 본다. 울음이 날아다니고 있어

울음 속에 무엇이 들어 있는지 보려고 울음 속에 있는 것을 꺼내려고 우는 것이 틀림없다. 울음에서 나가려고 운다. 어두워지는 동안 나의 사나운 숨이 끊기고 나는 울음이 떠올랐다 가라앉았다 하며 날아가는 것을 본다. 벌레들은 곧 끊어진 울음을 이어보려고 한다. 하지만 어디에서 이어야 할지 몰라 잠시 멈추었다가 처음부터 다시 울기도 한다.

해피 뉴 이어

그 횡단보도를 오래전부터 지나다녔어요 조금 걸어
볼게 오늘은 검은 봉지를 들고 서 있을게 우리는 앞뒤에
서 걸어간다 어제도 없고 내일도 없는 것처럼 하늘도 없
고 땅도 없는 것처럼 아무것도 없는데 그냥 한 걸음씩 떠
오르는 것처럼 걸어간다 머리를 풀어헤치고 부서진 유리
조각들 위를 걸어볼게 무엇 때문에 우리가 싸웠는지 기
억이 안 난다 모르는 사람이 걸어온다 그 사람 뒤에 다른
모르는 사람이 걸어온다 모르는 사람이 모르는 사람에게
무언가 말하는 걸 본다 이 배신자, 갑자기 너는 외치고
가버린다 유리 조각들은 반짝거리고 바람이 불어도 반짝
거리고 날아가지 않는다 횡단보도는 길다 같은 템포로
걸어갈 때 길고 놀라 멈춰 서버릴 때 길다 바닥에 죽어버
린 새가 있다 무엇에 부딪쳤는지 움직이지 않는다 그럴
필요가 없는데도 불구하고 새는 부딪친 자리에 그대로
놓여 있다 모르는 사람이 다른 모르는 사람들 무리로부
터 서둘러 빠져나간다 나는 여전히 검은 봉지를 들고 천
천히 걸어볼게 어제도 없고 내일도 없는 해피 뉴 이어 횡
단보도 한가운데 한 여자가 멈추어 서서 눈썹을 그린다

유령처럼

왜 바위 위에 서 있는 거지 유령처럼
이 작은 바위 위에 어떻게
흔들리는 바위
찬 바람을 쐬고 돌아다니다가
하루 종일 쏘다니다가

날은 흐리고 어둡고 갈 곳도 없고
구석엔 부서진 잎들이 뒹굴고
바위는 언제 이렇게 시커먼 덩어리로 튀어나오는 걸까
나를 어두운 바위 위에 올려놓지 마
바위의 파열 위에 세우지 마

근사하지 않니
왔다 갔다 처음 보는 학생처럼 쏘다니는 걸 그만두는 일
땅바닥을 굴러다니다가 땅만 뚫어지게 바라보다가 아
무렇게나
등을 돌리고 졸기 시작하는 일
나를 바위에 얼어붙게 하지 마
바위에서 깨어나게 하지 마

나는 음성이 없다 세상이 없다

그냥 입고 있는 옷을 말리며 유령처럼

펄럭이며

죽은 줄 모르는 채 왔구나

아직 남아 있는 중학생 고등학생이 사방으로 불규칙하
게 계속되어도

나를 바위 속에서 꺼내지 마

바위투성이 속에 집어넣지 마

같이 비가 내려요

당신이 가고 나무를 태웁니다. 당신이 가고 당신을 태웁니다. 너무 환합니다. 같이 식사를 해요 같이 풀밭을 건너요 풀밭에서 왜 우냐고 당신이 물어봅니다. 당신이 가고 사람들이 합창을 합니다. 같이 여기를 떠올려요 같이 잔을 들어요 착한 술을 기울여 조금 마시면 죽어가는 피부가 여기 있습니다. 당신이 가고 개미를 봅니다. 개미는 너무 많습니다. 땅으로 들어갔다가 구멍이 뚫리며 개미들이 일제히 밖으로 흘러나옵니다. 당신이 가고 개미들이 사뭇 두 발을 뒤덮습니다. 발에서 기어 다닙니다. 당신이 가고 오늘을 태웁니다. 같이 비를 내려요 발을 들어 빗물을 툭툭 걷어차면 굳어버린 들판이 여기 있습니다. 같이 비가 내려요 당신이 가고 당신이 옵니다. 같이 붉은 페츄니아를 따라가요

철물점

　사무실 문에 외출 중이라는 팻말이 붙어 있었다. 잠시 그 앞에 우두커니 서 있었다. 띄엄띄엄 사람들이 지나갔다. 신호등이 계속 바뀌는 것을 바라보았다. 얼핏 꽃가루를 본 것 같았다. 꽃가루는 아주 천천히 떠다니는데 이상하게 잡을 수 없었다. 손가락을 빠져나갔다. 아주 천천히 옮겨 다니는데 어디로 옮겨 가는지 알 수가 없었다. 눈앞에서 곧 보이지 않게 되었다. 그가 어디로 갔는지 물어보려고 옆집 철물점에 갔다가 멀티탭을 사기만 했다. 오늘 보지 못했는걸요, 멀티탭이 말하고 있었다. 주머니 속으로 들어간 햇빛이 어느덧 다 바스러졌다. 음악을 틀었다. 누군가 노래를 했다. 그 노래를 띄엄띄엄 따라 불렀다. 아주 천천히 걸어도 꽃가루를 찾아낼 수 없었다. 꽃가루는 지나가는 사람들에 붙지 않았다.

즐거운 여행

사라지는 지면을 생각한다. 어느 평평한
지면을 밟고 걸어가는 사람들
지면을 파고 내려가는 사람들
지면을 잃은 바람 소리 오래도록 평평하고
지면에 반대하는 수면이 나타난다.

단절된 수면이 수많은 수면이 연달아 있고
고독한 수면으로 오후의 무거운 태양빛도
가장 작은 발로 지나가는 오늘의 산책도 잠겨든다.
누군가 말한다
즐거운 여행 되세요

수면을 보면 눈을 감게 되고
  눈을 뜨고 수면 위로 부풀어 오르는 하얀 스티로폼을
바라보게 되고
  곧이어 무엇이 떠오를지 모르는 채 다음에 나타나는
더 큰 수면을 바라보게 되고

  균형을 잃은 채

지면에서 수면으로 수면에서 지면으로 기어가는 구부
러지는

뱀을 던져 넣는다. 독이 없는 뱀

날씨 변화에 따라 달라지는 수면을 배경으로

즐거운 사진을 찍는다.

즐거운 여행길인데 평평한

지면을 오래 바라보지 않는 게 좋을 것 같다. 울퉁불
퉁한

지면을 사람들과 분리해서 보지 않는 게 좋을 것 같다.

수면에서 수면으로 헤엄쳐 가지 않는 게 좋을 것 같다.

눈 오는 날

어디를 간다는 말도 없이 집을 나섰다.
아파트 단지 입구에 책장 하나가 버려져 있다.
며칠째
아무렇게나 놓여 있다.
누가 내놓았는지 모른다.
누구인지 연락하라는 1초소 경비실 쪽지가 붙어 있다.

책을 꽂는 칸막이 하나가 떨어져 나가고

책은 한 권도 없다.
크고 작은 눈 뭉치들 몇 개가 그 안을 뒹굴고 있다.

남몰래 눈 뭉치를 던지는 자는 누구인가

그대로 내버려둔다.
알 수 없는 곳에서 날아든 저 분명치 않은 덩어리들을
건드리고 싶지가 않다.

차 지붕 위에 쌓인 눈을 한참 치우고

시동을 걸고

출발했다.

규칙적으로 나열되어 있는 거리의 크고 작은 창문들
모두들 밖으로만 내는 창문들

거리에는 구석으로 옮겨지는 눈 실려 가는 눈 도로 가득

녹지 않은 눈
위를 걷는 사람들

속에서
한 손에 책을 들고 가는 사람을 보았다.

명랑한 커피

집에 혼자 있는 날 세수도 하지 않고 얼굴에 물만 찍어 바르고 앉아 커피를 마신다. 커피를 마시면 명랑해지고 어떠한 개입도 하지 말자, 생활 속 전자파가 나오지 않게 하는 법을 알려주는 방송을 끄고 엎어져 있는 책을 집어 든다. 이번에 번역한 책입니다 읽지는 말아주세요, 보낸 이의 메모가 들어 있다. 대충 훑어본다. 흥미로운데 재미는 없다. 두 잔째 커피를 마시는데 전화가 온다. 커피를 마시러 오라고 몇 사람이 있다고 한다. 몇 사람이 있냐 하니 몇 사람이 있다 한다. 나는 책을 덮는다. 일어서지는 않는다. 밖에는 몇 사람이 끙끙대며 미끄러진 차를 밀고 있다. 운전을 하지는 않을 거다. 햇빛을 피해서 하는 운전 창을 반쯤 열고 하는 운전 도로 위에서 헛소리를 하면서 달리는 운전 아무 일 아니라는 듯이 새벽 두 시에 시동을 걸지는 않을 거다. 도망칠 때는 영화에서처럼 다들 근사하게 운전을 하지 잠시 후 아파트 동 대표가 벨을 누른다. 내가 누구와 몇 사람과 살고 있나 실거주인 조사를 한다.

페이크삭스

양말을 사러 시내로 간다. 분명한 것은 시내에서는 양말을 구하기가 쉽다는 것이다. 이건 내가 한 말이다. 시내에는 일하는 사람들이 많다. 어떤 사람은 옷을 팔고 어떤 사람은 신발을 판다. 양말 사지 말고 시내에서 놀자 이건 네가 한 말이다. 여기 양말 가게가 있었는데 없어졌네 이것도 네가 한 말이다. 아니에요 이쪽 매대로 오세요 하는 소리에 돌아보니 정말로 한쪽 매대에 양말이 수북이 쌓여 있다. 바닥에 떨어져 있는 길고 짧은 양말들을 사람들이 들어 올린다. 요새 발목 양말이 잘 나가요 누군가 말하고 분명한 것은 발목이 없는 양말이 발목 양말입니다 이건 네가 한 말이다. 이런 페이크삭스도 유행이에요 걸으면 벗겨지지 않나요 절대 벗겨지지 않아요 어떤 건 내가 한 말이다. 검은색과 흰색의 발목 양말을 산다. 검은 봉지를 들고 걸어간다. 계단을 올라갈 때는 약간 비틀거렸는데 낮과 밤이 바뀐 것이 분명하다. 오늘은 해가 가장 긴 날이다. 긴 머리를 빗는 모델의 포스터가 빌딩 벽에 붙어 있다. 시내에서 놀자 지금 어떤 양말을 신고 있니 시내 구경을 하는데 구멍 난 양말을 신고 있다.

최후의 산책

여기저기에 이곳저곳에
개가 있다.
개를 데리고 산책하는 사람들이 있다.
산책을 끝내지 못하는 사람들
그러는 수밖에 없어요
여기저기에 이곳저곳에
쓰러지는 풀
개는 간혹 멈추어 서서 풀냄새를 맡는다.

조금 어두워진다.
어두워지면 어떻게 하지
조금 시체 냄새

맞은편에는 산책을 끝내고 돌아오는 사람들이 있다.
산책을 끝낸 사람들은 갑자기 수염이 나고
그러는 수밖에 없어요

멀리 지나가버리는 차 소리
조금 더 어두워진다. 하늘이 어두워지고

한쪽에서는 산책을 계속할 것인지 망설이는 사람들
입을 벌린 것도 아니고 입을 닫은 것도 아니고
셀카를 찍으며 조금 시체 냄새

최후의 자연스러운 현상인 것처럼 산책이 있다.
산책의 시도로서의 장소
우리가 멈춰 서서 꺼낼 것이 아무것도 없는 장소
두 손을 벌린 채
그러는 수밖에 없어요

여기에 자연은 도착하지 않는다.
숲이 갈라지고
숲을 빙 돌아 서 있는 하얀 가로등 노란 가로등

귀가 사라지는 걸까
가로등 밑에서는
서로의 말이 잘 들리지 않는다.

풀 위에서 웃었다

한번은 풀밭에 서 있었다.
앞만 보고 풀만 보고
풀 속에 죽어버린 쥐가 있었다.
죽은 채 발견되는 일을 생각한다.
계획은 실현되지 못한다.
멀리는 못 간 것이다. 안 보이게 되는 순간까지
가지는 못한 것이다.

풀이 찢겨 있기 때문이라고
찢긴 채 움직이고 있기 때문이라고

두 사람이 풀밭을 따라 걸어갔다.
풀이 돋아나면 오세요
남자는 남자에게서 비켜서고 여자는 여자에게서 비켜
서고
남자는 여자를 가리고 여자는 남자를 가리고
두 사람이 풀을 따라 걸어갔다.
풀이 마치 존재하지 않는 것처럼

풀을 밟지도 않고
풀을 누르지도 않고 걸어갔다.
풀 위에서 동작은 실현되지 못한다.
자연이 먼저 찢겨 있기 때문이라고

그래도 무심한 풀은 돋아나고 이리저리 아무 데나 돋
아나고 심심풀이로 돋아나고 머릿속에도 돋아나고 그래
서 머리가 이상해지고 머리를 숙여도 아무리 숙여도 머
릿속의 풀을 토하지는 못한다.

한번은 풀 위에서 웃었다.
풀의 전위
발끝을 세우고 왔던 길을 되돌아가야 할 때도
풀은 다시 반짝이고

완전한 나무들

언덕이 솟아오른다. 언덕 위에서 춤을 춘다. 언덕 위에
서면
더는 자라지 않아도 돼
나는 아마 세상과 동떨어지는 중이다.

나를 떠올린다. 파묻는다. 조금씩 더 뚜렷해지는 언
덕에
언덕 위에서 구부러지고 싶어

날이 저문다. 한꺼번에 활활 타오른다. 갈채여, 갈채로
가득 차서
나는 언제나 한밤중에 소스라쳐 깨어나는 것이다.
나는 일어나 계속해서

끌려 나와

신속하게 펴지는 육체인 것이다.

나는 아마 세계와 공통되는 중이다.

노동이 활기를 띤다.
지난날의 나무들을 뛰어다니게 하자. 오늘 다시 한번
햇살이 비치는 무기력과 만날 것이다.

나는 넓은 마음을 먹기로 한다.
잠깐이면 될 거야 현실 비슷한 장면이 나오면

얼굴을 찌푸리는
시간
나는 멈춰 서서 처벌받는 동작을 따라 하게 될 거야
완전한 나무들로 가득 차서 팔을 벌릴 거야

언덕을 뚫고
춤을 춘다.

음 소거

나는 잔다 잔다 잔디 위에서 잔다

넓은 잔디

이렇게 넓은 잔디를 본 적이 있니

눈을 떴다가 다시 잔다 몸이 녹아들 때까지 잔다

자면서 구름을 본다 걷는 사람을 본다 구름은 낮고 사
람은 가까워서 손으로 잡을 수 있을 것 같다 그 사람이
걸음을 멈추고 너 아직도 자고 있니 하고 말하는 것 같다
응 조금만 더 잘 거야

나는 아주 많은 잠을 잘 거야 자면서 다른 사람들에게
끌려다니고 다른 사람이 되어버릴 거야

구름이 허공을 왔다 갔다 하는 것을 바라보며
잔다 잔디 위에서

다만 더 넓어지려는 잔디

이렇게 몸부림치는 잔디를 본 적이 있니

잔디에는 마스크를 쓰고 휴식을 취하는 사람들 다른 나라 사람들 오래전에 연락이 끊긴 사람들 다시 살아날 수 없는 사람들

움직이는 것들이 얼마 안 가서 눈앞에서 다 멎는다 구름이 없어지는 것을 본다 대기가 없어지는 것을 본다

멀리서부터 잔디 깎는 소리 들린다 저 소리를 끄면 좋을 텐데 그러는 편이 나을 텐데 조금 더 잘 수 있을 텐데 풀은 깎인 자리에서 다시 돋아난 것인가

4단지

고개를 들면 4단지 아파트 402동이 보인다.
회색의 높은 건물
꼭대기에 무언가 서 있다.
어둠이 서 있다.

그 옆 403동에도 또 옆의 405동에도
꼭대기에 어둠이 서 있다.
어둠 그리고 어둠이 서 있다.

꼭대기에서 어둠이 꼼짝 않고 있다. 왜 그렇게 멈춰 있
는지 모른다.
　고장 난 어둠
　고장 난 채 서 있는 어둠
　고장이 무엇인지 모르는 어둠
　어디선가 미친 듯이 웃어대는 소리가 들리고

미친 듯이 자다 깨고 자다 깨어 고개를 들면
꼭대기 어둠들은 서로 키를 맞추기가 어렵고

내 손에는 제멋대로 살아 있는 비스킷들이 뒹굴고 있다.

비스킷 조각들을 밖으로 던진다.

어둠은 언제까지나 거기에 서 있는 게 좋겠다.

나는 다시 잠드는 게 좋겠다.

회색의 높은 건물들이 가담하고 있다.

비슷한 숫자 놀이에

401동에서 403동으로 403동에서 407동으로 더 멀리

511동으로 숫자들이 늘어서고 번호표를 달고 있는 건물

에서 건물로 어둠이

도망치고 있다. 405동에서 409동으로 534동으로 어둠이

고장 난 줄 알았던 어둠이 분연히 움직이며

이 동에서 저 동으로 다시 옆의 동으로

어둠이

수포로 돌아가고 있다.

다른 날

다른 날에는 한 손에 캔 커피를 들고
아무런 변화도 없이 창밖의 행인들을 바라보는 다른
날에는
행인 하나 행인 둘 행인 셋이 행인의 물결 속으로 사라
질 것이다.
머리가 헝클어진 네번째 행인이 홀로 멈추어 섰다가
다시 흘러들어가 행인의 끝이 될 것이다.
끝이 되게 내버려둔다.

하루 종일 아직 당도하지도 않은 비 비 비
허공을 빙빙 도는 비를 기다리는 일 외에는 아무 할 일
이 없다고 느끼는 다른 날에는
벌써 죽어버린 돌미나리를 데칠 것이다.
끓는 물에 파랗게 데쳐서
언제까지나 파란 것처럼 바라볼 것이다.

다른 날에는 약속이 있었던 것 같은데
공실1 공실2 공실3을 따라 무작정 시내를 걸었던 다른
날에는

공실1 공실2 공실3을 지나치는 흐릿한 그림자의 인물들이 동일 인물일 것이다.

막대기처럼 긴 팔과 다리 들이 반복해서 나타났다 사라지고

그러면 그 비인간적인 행위도 당분간 동일 인물의 소행일 것이다.

비와 춤을 춘다

비를 피해서 걸어간다. 비를 맞고 싶지 않다. 쏟아지는 비 진절머리 나는 비가 내린다. 의혹의 비, 좌우로 걸어도 방향을 돌려도 비가 앞에 있다. 비를 피해서 아무 데나 들어간다. 지하도로 편의점으로 포차로 들어간다. 비는 흩어질 것인가 그칠 것인가 모든 것을 잊어버리고 증발할 것인가

빗속을 돌아다니는 개를 본다. 이 근처를 계속 떠돌고 있는 개다. 주변에 주택 단지가 있어 여기는 조용하고 편안하다. 길은 자주 끊어지고 개는 주택들 사이로 사라진다. 의혹의 비 망명의 비, 빗속으로 들어간 개는 짖지 않는다. 하지만 이 근처에서는 다시 나타나는 일을 그만둘 수가 없다. 젖은 가구 뒤로 개는 다시 모습을 드러낸다.

비를 피해서 걸어간다. 좁은 골목길을 비집고 트럭이 들어서면 폐건물에 납작하게 붙어 선다. 여기가 세상이 끝나는 곳이야 끝이 다가오고 있어 중얼거린다. 내 말이 비의 일부가 되는 것 같다. 빗방울이 쉼 없이 떨어지고 의혹의 비, 가늘어졌다 굵어졌다 하며 내 발을 덮는다. 빗속에서 춤을 춘다. 비와 춤을 춘다. 세상을 멈추는 비가 앞장서서 내린다. 비를 피할 곳을 찾아 걸어간다.

3부

티타임

컵에 뜨거운 물을 붓고 찻잎을 띄운다. 금방 이 잎들을 건져야 한다. 아까 내가 한 말이 틀렸다고 누군가 말한다. 새로 온 무리의 사람들과 같이 한바탕 웃어댄다. 비가 올 것 같다. 어떻게 연결되는지 모르는 색색의 사람들 의상들이 벽을 따라 빙빙 돌고 있다. 별일 없을 거야, 별로 이야기를 하고 싶지는 않지만 그래도 쉴 새 없이 떠들어댄다. 야회복을 입고 있는 어떤 사람이 삭발을 하고 있다. 왜 머리를 다 깎았냐고 묻지 않는다. 음악에 맞춰 사람들이 들어오고 나간다. 언어학자가 대학생과 이야기를 나누고 있을 때 새로운 문장 성분이 음악 위로 튀어나온다. 문장 성분이 흩어지자 언어학자는 이제 새로운 목소리를 시작한다고 말한다. 음악에 맞춰 사람들의 옷이 친절하다. 음악에 맞춰 오늘 입은 옷을 후회한다. 처음 보는 사람들이 나를 똑바로 바라본다. 눈이 마주치면 내가 처음 보는 사람이 되는 기분이다. 기분 옆에 소파가 있고 소파에 앉아서 나는 구체적으로 묶여 있는 세 페이지짜리 서류를 들여다본다. 서류 옆에서 활발한 태도를 취한다. 별일 없을 거야, 젖은 잎들을 몰아내야 하는데 후후 불어댈 뿐 잎을 건져 올리지 않는다. 잠깐 망설이는 사이 벌써 찢어진 잎도 있다.

잠자는 책

도서관에 앉아 있으면 시간이 흐른다. 사람들이 책장을 넘기기 때문이다. 모두들 무언의 약속을 한 듯이 책장을 넘긴다. 어떤 사람은 빨리 연거푸 넘기고 어떤 사람은 아주 천천히 한 장을 넘긴다. 뒤로 넘겼다가 앞으로 갔다가 다시 뒤로 넘기는 사람도 있다. 한여름이다. 책장을 넘길 때 사람들은 젊어 보이고 다시 늙어 보인다. 무슨 일이 진행되고 있는지 모른다. 나는 몇 시간째 펼쳐진 페이지 그대로다. 여기저기서 책장을 넘기는 소리가 들린다. 종이가 허공을 밀고 가는 소리다. 이상하게도 그 소리는 가까이서 나는 소린지 멀리서 나는 소린지 분간되지 않는다. 기침 소리나 의자가 삐걱대는 소리 펜이 떨어지는 소리만큼 정확하지 않고 매번 다르다. 언젠가는 책장 넘기는 소리가 나지 않는 책이 나올지도 모른다. 페이지도 없고 책장도 없고 책도 없는 그런 잠자는 책이 나올 것이다. 그리고 그때가 돼도 나는 무슨 일이 벌어지는지 모르고 현재의 표기법이 사라진 책을 제자리에 갖다 놓으려고 일어설 것이다. 앞에 앉은 소년이 필요 없다는 듯 책장 한 장을 소리 나게 찢는다.

조용한 생활

오랜만에 비가 내렸을 때 나는 밖에 있었다.
을지로에서 명동에서 약속하고 만나는 사람들
우산을 높이 들고
비에 맞추어 걷고 있다.
사람들이 길게 줄을 서 있는 정류장
차들이 뒤엉켜 있는 전철역 앞 횡단보도

한 노인이 우산도 없이 터벅터벅 걸어갔다.
나는 노인을 따라 걸었는데
노인은 비에 맞추어 몸을 규칙적으로 비틀었다.
아주 느리게 걸었음에도 불구하고
사람들에 가려 나는 자꾸 노인을 놓쳤다.
곧 노인은 보이지 않고

어딘가로 한꺼번에 몰려가는 중학생들이 보였다.
  손에 든 우산은 펼치지도 않은 채 모두 한곳으로 가는
중이었다.
  그들은 흩어지지도 않고 마주 오는 무리를 뚫고 나아
갔다.

여기로부터 단호하게 멀어지려는 것 같아 보였다.

비에 젖지도 않았다.

아무도 비를 피하지는 않았다.

비는 점점 무거워졌다.

바닥을 때리는 소리

바닥을 덮는 소리

쏴쏴 하는 소리 다다닥 하는 소리

예전에 이곳에는 하천이 있었고 급류에 휩쓸린 사람들

이 있었고

급류 가운데 둥둥 떠 있던 버스가 있었다.

한쪽으로 기울어져 있던 버스 유리창

오늘은 비에 맞추어 사람들이 걷고 있다.

비에 맞추어 걸으면 발견할 수 있었다. 조용한 생활을

빗소리만 들리고 모두 조용히 비에 몸을 맡길 수 있

었다.

비와 함께 나란히 떠내려갈 수 있었다.

일그러진 우산을 들고

호우주의보 속에 생각을 바꾸지 않고 떠밀려갈 수 있었다.

일렬로 나아가는 우산 너머로 누가 작은 우산을 들고 이쪽으로 오나 나는 바라보았다. 누가 떠내려오나

달리는 차의 라이트가 바닥에 뒤집혀 있는 우산을 잠깐 비추고 지나갔다.

적당한 사람

핸드폰 할인 행사장을 지나간다. 확성기로 흘러나오는 노래 새로 생긴 카페를 지나간다. 카페는 아직 오픈 날짜가 아니다. 주문이 되지 않는다. 헤어숍을 지나 극장을 공원을 지나 주유소를 지나간다. 오늘은 상점의 반복이 되지 않는다. 배치가 잘 되지 않는다. 계속 걸어도 카페가 나타나지 않는다. 커피를 시키고 노트북을 열 수가 없다. 총이 없는 어느 초소를 지나 중학교를 지나간다. 중학생들이 쏟아져 나오고 한 떼의 중학생들이 떠들며 지나간다. 중학생들이 다 지나가고 나면 홈플러스가 있다. 홈플러스로 들어서는 사람들의 줄을 지나 오늘은 진정이 잘 되지 않는다. 보도에서 마구 땅을 파는 사람들 빠르게 파고 빠르게 덮는 사람들을 지나간다. 마음을 진정해도 어디에 합류가 되지 않는다. 거리에서 노트북을 열 수가 없다. 카센터를 지나 주차가 잘 되지 않는 좁은 주차장을 지나 하늘이 검게 변한다. 술집 앞에는 사람들이 나와 술을 마시고 그중 한 사람이 그런 사람이 아니라 다른 사람을 찾는 중이라 한다. 적당한 사람을 찾는 중이라 한다. 스피커에서 노래가 자동으로 흘러나오고 자동으로 구부러지는 상점들 저절로 사람들은 길게 부풀어 오르고 오늘은 그들 중 누군가를 붙잡고 말을 건네지 않는다. 모델하우스를 지나 길바닥에 주저앉아 핸드폰을 연다. 새로 들어서는 아파트 단지는 신도시 입구 적당한 지점에 위치해 있다는 광고가 바닥에 붙어 있다.

에티오피아식 인사

셔틀콕이 나무에 걸렸다.

우리는 배드민턴 채를 내려놓고 나무를 올려다보았다.

에티오피아에서 온 셔틀콕인데 지금 나무에 꼼짝없이
걸려버렸다.

왜 날마다 배드민턴을 쳤는지 모르겠다.

왜 쓸데없는 이야기를 잔뜩 주고받으며 뛰어다녔는지

이야기는 이빨 자국을 내고

우리는 이빨 자국에서 계속 도망치는 것 같았다.

하늘 높이 셔틀콕이 날아가고

에티오피아까지 그것이 날아갔다가 돌아와도 모르고

똑바로 날지 못하고 나무에 걸려도 어찌할 바를 몰랐다.

네가 나무를 여기 불러 세웠니 난 아냐 따지면서

영문을 모르는 배드민턴 채들을 호출해대기 시작했다.

배드민턴을 배우느라고 우리는 노년이 와도 몰랐다.

남들은 금방 배우는 것을 배우지 못해 허둥대고

다른 사람의 배드민턴 채를 멀리 던져버리기만 했다.

다정한 사람들은 배드민턴을 치고

훌륭한 사람들은 훌륭한 사람들끼리 배드민턴을 치고

얼마나 멋지게 배드민턴과 결합하는지

우리는 그들이 무슨 방법으로 배드민턴을 끝내는지 알
길이 없었다.

셔틀콕이 똑딱거리며 계속 머리 위로 날아다니는 악몽
을 꾸었다.

악몽을 피해 배드민턴 채를 흔들어대며

가까스로 떠밀려가지 않고 이상한 원을 그리며

우리는 제자리를 맴돌았다.

네가 나무를 여기 불러 세웠니 난 아냐 따지면서

물러설 줄 모르고 나무 밑을 빙빙 돌았다.

셔틀콕이 떨어지면 줍기 위해 벌써 허리를 구부렸는데

그것은 에티오피아에서 반가울 때 하는 의례적 인사
였다.

물푸레나무

이 나무
그 안에 내가 알지 못하는 공기가 가득 차 있어
부풀어 오른 것
잎으로 봉해진 나무

이것은 물푸레나무라고 중얼거려본다.
나무는 지금 뙤약볕을 막아서느라 움직이지 않는 것이다.
나뭇가지들이 지체되고 있다. 생각나는 대로
가지를 뻗어보자
기다리던 특성이 나타날 것이다.

나는 온종일 기진하여 잠을 끌고 가는 중이었는데
  하늘을 쳐다보아도 기진을 그칠 수 없고 잠을 그칠 수
없고
  걸어갈수록 상대방이 없어지고 혼자가 없어지고 갑자
기 덤벼드는 날파리 떼도 없어지고
  아무도 없는 잠
  그칠 수 없다고 중얼거리는 중이었는데

물푸레나무가 나를 막아선 것이다.
걸음을 멈추고 나무의 뒤로 가보려 하지만
나무는 뒤가 없어
나무는 줄곧 앞으로 서 있다. 다른 방향으로
가지를 뻗어보자
모든 가지가 한 번에 구불구불해진다.
특성을 잃어버릴 것이다.

나는 등을 돌린다. 자연을 놓치고 자연이 바뀌어도 모
르고
물푸레나무는 홀로 서 있는 것이다.
그래도 잠시 손을 흔들까 흔들다가 그만둘까
벌레처럼 저 높은 곳에서 뉘우치며 떨어질까

정적이 흐른다

같은 데서 잠들고 같은 데서 일어나고

같은 일을 한다. 어제와

같은 에스프레소를 들고 같은 문을 열고 같은 책상에
앉는다. 창밖으로 차가 멎는 소리 차가 떠나는 소리 정적
이 흐른다.

바닥에 떨어져 있는 실내화를 꿰신고 바닥에 떨어져
있는 물방울들을 닦는다. 어느 곳에 떨어져 있는지 바닥
을 이리저리 살피며 같은 물방울들인지 알 수 없는 물방
울들을 닦는다.

커피와 영수증과 맥박과 하루 일정을 짜 맞춘다. 원고
마감일이다.

하늘이 구름을 떨어뜨리는 것을 바라보며 어떤 구름이
잠시 머무르는지 바라보며 머리를 손질한다. 헝클어진
머리를 옆으로 넘기고 뒤로 빗고 하나로 묶는다.

정적이 흐른다. 빛이 흐리다. 빛이 움직인다. 어떤 빛도 들어서지 않은 곳을 잠시 생각한다. 빛의 짧은 순간

빛바랜 일을 한다. 아무도 읽지 않는 글을 쓴다. 바로 던져버린다. 쓰레기통에 들어가버린다. 이번에도 틀린 것 같다. 틀릴 수밖에 없는 일이다. 사라지는 구름을 바라본다. 좋은 글, 더 좋은 글을 쓰는 일이 가능할까, 버렸다가 복구시켰다가 다시 삭제하면 생각지도 않은 말들이 나타난다. 새로움은 죽음을 이어가는 것인가

글을 이어간다. 글을 쏟아낸다. 글을 덧붙인다. 나는 글과 함께 있지 않다. 희미하게 이어지며 잠시 얼룩처럼 보이는 빛, 빛의 산만한 이데올로기가 따뜻하다. 밖에는 시끄러운 소리 앞차가 경적을 울리고 뒷차가 경적을 울린다. 차들이 시계 방향으로 빠져나간다. 글은 어떤 방향으로 빠져나가는 걸까, 눈앞에서 사라지는 빛을 붙잡지 않는다. 같은 책상에 앉아 같은 일을 하며

내일은 더 추워진다고 해요

저녁을 먹으러 오라고 늦기 전에 오라고 너는 말하고
아냐 저녁 먹으러 가기 싫어 거기까지 가기 싫어 축구 경
기를 보러 가기 싫고 경기가 끝나고 저녁을 어디서 먹을
까 떠들며 함께 식당을 찾아다니고 싶지 않고 여기가 좋
겠네 말하고 싶지 않아

한 발자국도 움직이고 싶지 않다 출장을 떠났다고 말
해버릴걸 아주 먼 데로 갔다고 다들 어디로 가는 걸 좋아
해 나는 멀리 가는 건 질색이야 그래도 멀리 갔다고 해버
릴걸

이제 오라는 말이 들리지 않는다 들리던 말이 끊어진
다 내 인생에는 문제가 없고 오늘은 옷을 갈아입을 필요
가 없고 이대로 집에 처박혀 있을 거야 어두워지면 그냥
땅거미한테 잡아먹혀버릴 거야 치워도 치워도 구석에서
벌레들이 기어 나온다

하루 종일 삐걱대는 의자에 앉아 있다 발밑에 굴러다
니는 페트병 뽑았다가 던져버린 책들 이것들 저것들을

보이지 않게 치워버려야 하는데 아니 치울 필요가 없다
책을 여기에서 저기로 위에서 아래로 옮기고 치우는 것
은 미친 짓이다 책상 위의 노트북은 저절로 꺼진다 저절
로 내 등은 구부러지고

　밖에는 차들이 주차장으로 들어오고 나가는 소리 귀에
익은 소리 이어지고 춥다 패딩 조끼를 어디에 두었는지
모른다 찾지 않는다 한 시간 뒤면 안경이나 다른 것을 찾
고 있을 것이다 내 억양을 어디에 두었는지 모른다 찾지
않는다 차라리 변화를 준다 잊어버리고 변화를 준다 억
양에 변화를 준다 삐걱대는 의자에 앉았다가 일어섰다가
하면서 오늘 같은 날이 그냥 계속 이어지자 내일은 더 추
워진다고 해요

흑맥주 마시러 가는 오후

흑맥주나 마시러 간다. 수영하는 법을 몰라
기도하는 법을 몰라 머리를 빗다 말고 나가는 오후
단숨에 마시다가
조금씩 홀짝거리러 간다. 구석에 남는 테이블이 있을
거다.

고양이를 데리고 나가면 고양이가 사라지고

인도 가득 뒤뚱거리는 비둘기들을 따라간다.
비둘기가 뒤뚱거렸던 곳에서 비슷하게 뒤뚱거리며

흑맥주나 마시러 간다.
메뉴판을 살펴볼 필요도 없을 거다.
기네스가 병째로 나올 거고
귀찮지만 여기 잔이 필요하다고 말해야겠지
오늘은 내내 알 수 없는 나뭇잎들이 근거리에서 따라
오고 나뭇잎들이 모든 각도에서 말라비틀어진다. 오늘이
벌써 지나간 것처럼

실성한 사람을 본다. 모퉁이에 서 있는 사람

듣는 사람도 없는데 혼잣말을 하고 있다. *여긴 우리 동네가 아니야*

우리 동네 다녀왔어요

그는 이상한 유니폼을 입고 있고 즐거운 것처럼 보이고

파란 유니폼을 입어서 즐거운 말을 안 할 수 없고

누구에겐지 또박또박 말하고 있다. *우리 동네는 오랜만에 아주 넓어*

 그를 지나칠 때 그의 말은 끝나지 않아서

금이 가지 않아서

또렷하게 들린다. *우리 동네서 뭐 하니*

그의 말에 박자를 맞춰 걷는다.

그래 우리 동네 호프집에 가서 흑맥주를 마실 거다.

흑맥주를 마시기에 좋은 오후

아무 자리나 괜찮습니다, 이렇게 말하고 성큼 걸어 들어가

혼자 커다란 홀에 앉아 있을 거다.

팝콘

버스를 타고 택시를 타고
다시 택시를 타고 버스를 타고
중간에 내린다.
서 있다가도 앉아 있다가도
중간에 내린다.

여기가 어디지 여기가 어디지 여기가 어디지 다른 택
시 다른 버스가 지나가고 연달아 지나가고

길가에는 모르는 식물이 길게 자란다.
모르는 이파리들이 떨어지고
이파리들 중간에 검은 점들이 마구 박혀 있다.

너에게 건 전화를 중간에 끊는다.
내 말을 끊지 마 언제 돌아올 거니 아직 말이 안 끝났
어 갑자기 목숨을 끊지 마 연락을 끊지 마 그렇게 먼저
끊지 마

팝콘가게에서 팝콘을 사 먹는다.

팝콘이 통 속에서 폭발하고 있다.

　　팝콘 튀기는 사람을 보면 흰 머릿수건과 앞치마와 그
가 들고 있는 커다란 종이봉투를 보면

　　여기는 흠 잡을 데가 없다. 여기에 왔구나
　　여기에 오늘 하루 서 있을 셈이다.
　　언제 돌아올 거니
　　너의 목소리는 깨끗하다.

　　내 머리가 내 옆에서 깨끗하다.
　　모르는 식물들이 내 옆에서 깨끗하다.
　　이파리들이 깨끗하다.
　　이파리들 중간에 검은 점들이 마구 박혀 있다.

　　도중에 내려달라고
　　도중에 라디오를 꺼달라고
　　창문을 내리고 맑은 공기를 쐬고 싶다고
　　내려달라고 걷고 싶다고

운행을 중단시키고

내렸는데

중간에 떠오르는 거품은 걷어내는 것이 팁이라고 라디

오에서 어느 셰프의 음성이 흘러나왔는데

중간에 떠오르는 생각은 중간에 죽는다.

처음도 끝도 없어서 죽는다.

매일 생각이 죽는다.

근린공원

집을 나서 편의점에 들른다.

사이다도 사고 삼각 김밥도 사고 자일리톨 껌도 산다.

공원에 간다. 공원에 간다. 묘책이 없는 공원

그날 모래가 날리는 공원에서 너는 다음 주에 보자고 했지

모래 때문에 말을 멈추었지 너의 입에서 모래가 흘러 나왔지

껌을 씹으며 걸어간다.

다음 주가 되면 너는 다시 다음 주에 보자고 했지

껌이 온통 바닥에 들러붙어 시커먼 길

신발을 망치고 산책을 망칠 것이다.

공원에 가지 않으려 했는데 머리 위의 구름 한 점을 따라 걸었는데 벌써 공원이 나타난다.

그날 새로 만들어진 공원에서 너는 다른 곳으로 가자고 했지 공원이 지루하다고

그리고 공원을 관리하는 사람들에게 도와달라고 했지 공원이 조금씩 움직인다고 어지럽다고

나는 한숨을 쉬고 걸음을 빨리하다가 깨끗한 간판 앞

에 서 있다가 다시 껌을 씹으며 걸어간다.

　너는 멈추지 않고 말했지 모두들 공원으로 모여든다고
공원을 미친 듯이 돌고 있다고

　나는 그리 멀지 않은 곳에 이런 공원이 조성되어서 기
쁘다고 했지

　공원이 온다. 천천히 공원이 다가온다.

　공원을 시작해서 기쁘다.

　막 개장한 공원 안으로 들어간다. 이름을 알 수 없는
나무들이 줄줄이 서 있고

　바람의 방향이 바뀔 때마다 나무들이 타는 냄새가
난다.

　그러나 냄새는 곧 사라지고 아무 데나 앉아도 된다.

　가는 곳마다 놓여 있는 나무의자 돌의자 어디에든 앉
아 사람들이 근린공원 얘기를 나눈다.

　그날 도심 한가운데 생겨난 공원 한복판에서 너는 이
런 곳에 있으면 안 된다고 했지 서로 부딪치며 공원을 뒹
구는 머리들을 보라 했지 도시락을 싸가지고 와서 먹지
는 않고 공원을 빨리 나가자고 재촉했지 나가야 한다고

나는 그냥 아름다운 공원을 한 바퀴 둘러보자고 말했지

 벌써 공원 안에 사람들이 많다. 그들은 손에 개 줄을
잡고 개를 데리고 있다. 개들은 모두 꼬리를 달고 있고
꼬리에 꼬리를 물고 걸어가는 것이다.

아파트 공사장

아파트를 짓는다고 한다. 아파트를 언제 다 지을지 모르겠는데
저기 건너편에
세모난 모래산이 있다.
포클레인이 하루 종일 뚫고 들어갔다 나오고 들어갔다 나오고
천천히 모래산을 허문다.

모래산이 싫증이 나서 모래가 급정지되어 있는
세모 모양이 싫어서
커다란 형체가 불쑥 나타나는 것이 싫어서

베란다에 빨래를 넌다.
수건을 가득 넌다. 공사 현장이 보이지 않도록
그래도 소용없다.
빨래 뒤로 모래산이 뾰족하게 솟아 있다.

모래는 전체다. 갑자기 집 앞에 나타난
뾰족한 전체다.

모래에 참여하는 사람들이 호루라기를 불며 신호를 보
낸다.

내가 너무 예민한지도 모른다.
길 건너엔 혹시 아무것도 없는 게 아니냐고
공사는 지연되고
개발은 도대체 이루어지지 않고
아파트 공사장에는 어쩌면 모래가 없고 모래산이 없고
거대한 파란 천막만 있는 게 아니냐고
포클레인만 하루 종일 빙빙 도는 게 아니냐고

아침마다 현관에 신문이 떨어져 있다.
신문이 신문 위로 쌓이고
신문 위로 달래듯 모래가 쌓인다.
창가에 식탁에 책상에 모래가 하얗게 쌓인다.
그리고 변함없이 평화로운 아침

확실한 것은 아니야

어제보다 한 층 더 높이 빌딩에 올라간다.
어제는 4층 오늘은 5층이다. 확실한 것은 아니야
남은 시간을 때우려고 작정한 곳이

여기에 서 있을까
가방을 떨어뜨릴까
가방을 열어 책들을 우루루 쏟아낼까
저 아래 자리를 뜨지 않고 나무 한 그루
길 한가운데 서 있다.
지루한 논쟁을 끝낸 듯이 지루하게

한 사람이 나타나 비틀거리며 걷고 있다.
그는 나무에게 다가가 말을 걸려는 듯 보인다.
손을 뻗어 나무에 가까워졌다가
실망한 듯 멀어져간다.

오늘은 조금 더 높이 올라갈까
6층 복도가 비어 있는 것 같다.
5층도 비고 4층도 비고 더 많은 층이 비어 있는 것 같다.

확실한 것은 아니야 하지만 이렇게 여러 층들을 어슬렁거리면

지금 중요한 할 일이 있고 그것을 실행에 옮기고 있는 것처럼 느껴진다. 비어 있는 건물에서

나는 가끔 춤을 춥니다
*나는 가끔 춤을 출 수 없습니다*라는 게시물도 없이

내가 여러 층들을 한꺼번에 공개하고 있는 것만 같다.
서로 떨어져 있는 층들을 위아래로 옆으로 붙이고 연결하면서

내가 빌딩에 연결되면서

잠시 시간이 지체된 듯이 보인다.

리모델링 공사가 막 시작되려는 참이다.
고개를 들어 멀리 하늘을 보면 무엇이 지나간 걸까
하늘에 희미하게 금이 간 것이 보인다.
확실한 것은 아니야

운동을 시작해볼까요

오늘 시작해볼까요
아침에 일어나서 공기를 흔들어볼까요
다운받은 앱을 열어
운동을 시작해볼까요
지금부터 슬슬 운동 일지를 기록해볼까요

아무것도 없어도 된다
운동 기구가 없어도 된다 자전거가 전동 킥보드가 없
어도 된다
소매 없는 옷을 입고 반바지를 입고 걸어볼까
이리저리 왔다 갔다만 하고 운동은 하지 않아도 된다
가보지 않았던 곳을 가볼까
홍릉 유릉을 가볼까 가본다는 생각을 가져볼까

나는 홍유릉을 보러 온 거예요 개인이 아니라 단체로
같은 표를 끊으러 온 거예요 매표소 앞에 줄을 서러 온
거예요
주간에 보러 온 거예요 나는 커피를 마시러 온 거예요
입구에 서 있는 안내원이 되러 온 거예요

같은 관광버스를 타고 온 거예요

여기에 죽은 사람들이 있다

아주 오래전에 죽은 사람들이 있다

죽음에 계속 머물러 있는 사람들이 있다 같은 죽음에

아랑곳하지 않고

가보았던 곳을 다시 가볼까요

홍유릉과 같은 태강릉 선정릉도 가볼까요

이리저리 왔다 갔다 하며 같은 운동을 시작해볼까요

팔다리를 돌리며 준비운동하는 사람들을 그냥 지나쳐

갈까요

산책하기 좋은 곳이 정말 많아요

그냥 내버려두었다

작별 인사를 하려고 걸었다. 누구에게 하나 저 비둘기에게 하나, 다가가면 더 거무스름해 보이는 새에게 잘 있어 난 괜찮아라고 하나, 비둘기가 골목으로 흘러들어갔다. 나도 골목으로 들어갔다. 좁은 골목이었다. 비둘기는 곧 보이지 않고 나는 계속 걸어갔다. 뒤뚱거리는 발목에게 잘 있어 말해야 하는데 비둘기는 금방 어디로 갔을까, 골목에는 사람들이 나와 줄고 있고 아무도 말을 하지 않았다. 비둘기가 어디에 있나요 아무나 붙잡고 묻고 싶었다. 하지만 그 말 대신 여기가 어디예요 언제 이 골목이 생겼나요라는 말이 떠올랐고 앞서 걸어가는 누군가를 따라가고 있었다. 그리고 그도 사라지고 보이지 않았다. 잘 있어 말하고 나서 다시 보면 좋겠다는 말은 앞뒤가 맞지 않는 말인데 비둘기에게 해야 하는데 어디로 갔을까, 비둘기는 그냥 아무 데나 낮게 떠 있다가 떨어져 내리는 새, 싫어하는 새인데 모르는 곳으로 가버렸다. 그럼 내 그림자에 대고 잘 있어 말할까, 그림자가 바닥으로 벽으로 기둥으로 맘대로 움직이며 골목 전체로 퍼져나갔다. 그림자가 나로 내가 그림자로 계속 자리가 바뀌었다. 내가 처음에 어디 있었는지 생각나지 않았다. 나는 계속 앞으

로 갔다. 새에게 무슨 작별을 하려 했는지 자신에게 물어
보려다 그만두었다. 오늘 왜 외출을 했는지

무의 광장
—이수명의 세계와 소진 불가능한 것

강동호
(문학평론가)

실로 언표 불가능한 것이 있다. 이것은 스스로 드러난다;
그것이 신비스러운 것이다.
—비트겐슈타인

1.

동시대 한국 시의 지평에서 이수명이라는 고유명이
차지하고 있는 예외적인 위상에 대해서는 특별한 첨언이
필요하지는 않을 것이다. 이수명의 시 세계를 조명할 때
언제나 따라붙는 어휘들, 이를테면 전위 · 전복 · 실험 ·
해체 등의 수식어는 그간 시인이 전개해왔던 시적 탐구

의 급진성과 독자성을 고스란히 증언하고 있다. 이수명의 시가 "우리 시의 한 급진적 전위가 시도한 탐구의 기록"[1]을 대변하며 "한국 시에서 가장 완강하게 독자적인 길"[2]을 개척했다는 시사적 평가는, 시인이 그간 타협 없이 추구해왔던 밀도 높은 시적 실험성에 바쳐진 전형적인 헌사에 해당한다. 설령 이수명의 시에 대한 호불호가 있다 하더라도, 시인이 현실 언어의 질서를 무너뜨리는 전위의 최전선을 고수하는 당대의 대표적인 시인이라는 점에 이견을 제기할 사람은 거의 없을 것이다.

그러나 이수명이 시에 관한 독보적인 사유와 첨예한 인식에 토대를 두고 있다고 해서, 그의 시에 접근하려는 독자들까지 무겁고 심각해질 필요가 있을까. 새삼 이런 의문을 제기하는 이유는, 그동안의 수많은 비평적 논의가 구축한 시적 아우라에도 불구하고 정작 시인이 다음과 같은 고백을 남긴 바 있기 때문이다. "나는 무거운 시를 좋아하지 않는다. 자꾸 이면으로 정향되어 추방과 추방의 깊이를, 관념과 인생의 심연을 가리키는 시에 끌리지 않는다."[3] 이 말을 자기 지시적 발화로 간주할 수 있

---

1 박상수 해설, 「대상은 나를 지연시킨다 나는 잘 나타나고 있다」, 『왜가리는 왜가리놀이를 한다』, 문학과지성사, 2015, p. 111.
2 신형철 해설, 「잠재적인 것과 해방적인 것」, 『언제나 너무 많은 비들』, 문학과지성사, 2011, p. 160.
3 이수명, 「시는 어디에 있는가—표면의 시학」, 『표면의 시학』, 난다, 2018, p. 42.

해설 | 무의 광장 115

다면 우리는 이수명의 시와 관련된 (기존의 비평적 논의들과 조금 구별되는) 다소 예상 밖의 사실에 도달하게 된다. 이수명의 시는 생각만큼 무겁지 않으며 어떤 이면의 진실, 평소 우리가 생각하기 어려운 관념적 진리를 보여주는 데 관심이 없다. 이 말을 조금 더 확장시켜볼 수도 있다. 그의 시에서 새로운 것, 전위적인 것, 전복적인 것, 다시 말해 예술적인 것은 추구의 대상이 아니다. 이러한 전제는 『물류창고』(문학과지성사, 2018)부터 감지되는 최근의 시적 변화를 효과적으로 규명하는 데에도, 특히 이번 시집 『도시가스』가 선보이고 있는 세계의 독특성을 이해하는 데에도 유용한 실마리를 제공해줄 것이다.

이수명의 시가 최근 들어 가벼워졌거나, 전위적이지 않게 되었다는 뜻이 아니다. 여전히 시인의 시는 해독이 어렵고 분명한 메시지로 환원되는 법이 없다. 누군가는 시에서 출몰하는 비현실적 이미지와 낯선 공간들로 인해 모종의 혼란을 경험할지도 모른다. 그러나 그것은 이수명의 시가 '난해의 장막'(김수영)에 가려져 있기 때문이 아니다. 사태는 오히려 정반대에 가깝다. 관련하여 시인은 자신이 지향하는 시적 비전에 관해 다음과 같이 명료하게 밝힌 바 있다.

우리는 표면에서 살고 있다. 우리가 거느리는 것, 거느리지 못하는 것, 그러한 것들이 모두 뒤섞여 있는 곳이 표면이다. [……] 그런 의미에서 표면은 전부다. 그리고 모두가 속해 있는 이러한 표면은 의미 이전의, 존재의 세계이다.

표면에서 내가 생각하는 것은 세계의 전모이다. 이것이 세계이다. 감추어진 것은 사실상 없다. 하지만 감추어져 있다고 생각하고, 감추어진 어떤 것을 찾는 것이 우리의 관념이다. 물론 찾는 것은 감추는 것을 전제로 함으로, 우리는 사실상 찾는 것이 아니라 감추는 것이다. 그런 의미에서 이면은 하나의 덧붙여진 체계이다. 인간에게 지속되어 온 이 질서는 우리를 강박하는 기제라고 할 수 있다. 이면이야말로 진리가 깃드는 곳이 아닌가. 진리는 아마도 이면을 담보로 한 인간의 상상에 지나지 않을 것이다.[4]

이수명의 시가 접근하고 도달하려는 공간은 표면이고, 거기서 시인은 "세계의 전모"에 대해 생각하고자 노력한다. 세계란 무엇인가? 여기서 시인이 말하고자 하는 것이 세계의 전체적인 형상을 대변하는 보편적 진리, 혹은 그 이면에 감춰진 내밀한 비밀과 무관하다는 사실이 강조되어야 한다. 이수명은 시에서 독자가 발굴해야 할 은폐된 의미를 담으려 하지 않고, 단지 "이것이 세계이다"라는 단순한 사실을 적나라하고도 투명하게 드러낸다. 단도직입적으로 물어보자. 시인이 세계의 표면에

4 같은 글, p. 41.

서 보는 것은 과연 무엇인가? "맨홀 뚜껑에는 도시가스
라 씌어져 있다"(「도시가스」, p. 24). 그렇다면, 시인이 제
시하는 '도시가스'가 출현하는 표면의 세계로 시선을 옮
겨야 한다.

가스관이 노출되어 있다.
가스관이 외부에 노출되어 있다.
그게 좋겠다.
아름다운 경관이 좋겠다.
수직으로 수평으로 가스관은 대열을 이루어 기어가고
있다.
기계적으로 충돌하지 않고
외벽을 덮고 있다. 순수한 가스관
일상생활이라는 테마가 좋겠다.
버려진 다세대 주택가는 붉은 가스관으로 뒤덮여 있다.
주택 전체가 팔려서 마을 전체가 팔려버려서
우거진 잡초 속 가스관 위를 걸어 다니는 사람들이
가스관에 들러붙은 것처럼 보인다.
노후한 가스관을 타고 내려간 사람들이 사방으로 무한
히 뻗어나가고 있다.

―「가스관」 전문

표면의 세계, 혹은 세계로서의 표면에서는 "가스관이

외부에 노출되어 있다". 물론 갑작스럽게 출현한 것이 아니다. 우리가 평소 인지하지 못했을 뿐 가스관은 건물의 기능을 위한 필수적인 구조물에 해당하며, 본래부터 건물의 표면 즉, "외벽을 덮고 있"었다. 단지 사물의 이면을 추적하려는 인간의 관습적 사고 때문에, 건물의 내부를 상상하려는 욕망으로 인해, 눈앞에 명료하게 노출되어 있는 가스관을 보지 못했을 뿐이다. 그러므로 가스관이 포착되기 위해서는 의미의 질서와 체계에 대한 강박이 와해된 자리, 다시 말해 인간적인 것의 흔적이 온전히 사라진 시간이 도래해야 한다. "버려진 다세대 주택가는 붉은 가스관으로 뒤덮여 있다." 더 이상 자신의 기능을 수행할 수 없는 텅 빈 마을, 존재의 의의를 상실해버린 사물들만이 남겨진 공간에서 "순수한 가스관"이 떠오르기 시작한다. 그 장면을 시인은 "아름다운 경관"이라고 부른다. 물론 이수명이 거론하는 아름다움은 예술이 진실을 갈망하는 과정에서 발생시키기 마련인 진리의 후광, 즉 미적 아우라와 아무런 관련이 없다. 오히려 인간이 구축했던 건물이 폐허처럼 쓸모없어지는 순간, 내부와 외부의 이분법을 가능하게 했던 인식의 위계질서가 무너지는 순간에 비로소 "우거진 잡초 속 가스관 위를 걸어 다니는 사람들이/가스관에 들러붙은 것처럼 보"이는 낯선 풍경이 펼쳐지기 시작한다. "순수한 가스관"이 장악한 도시에서 인간은 더 이상 세계의 주인이 아니라 세계의 표면에 들러붙어 살아가는, 혹은 그로부터 무한하게 발생하는("무한히 뻗어나가고 있다") 표면 위의 납작한 존재라는 사실이 밝혀진다.

이처럼 의미의 위계질서가 수립되기 이전의 시공간, 모든 존재가 사물처럼 동등하게 평면적으로 공존하는 표면에서 우리가 살아가고 있는 세계의 현재적 단면이 다채롭게 비치고 있다. 따라서 표면은 이수명의 언어가 전개되는 발화의 형식을 규정하면서, 동시에 그것에 현상되는 세계의 당대성을 반영할 것이다. 지금까지 축적된 풍성한 비평적 논의들이 주로 전자(이수명의 시학)를 규명하는 데 할애되었으므로, 이 글이 좀더 주안점을 두고자 하는 것은 바로 후자를 해명하는 일이다.

2.

이수명은 이전 시집 『물류창고』부터 평면화된 세계에서 사물처럼 배치되어 있는 인간의 주체적 현황을 보여주는 데 많은 시를 할애하기 시작했다. 물론, 이수명이 항상 인간이 아니라 사물의 편에 가까웠다는 것, 의미로부터 해방된 비인간의 세계를 지향해왔다는 것은 익히 알려진 사실이다. 하지만 여기서 우리가 한층 강조하고자 하는 것은 근래 이수명의 반인간주의가 단순히 시학적 차원을 넘어 '세계의 전모'와 연관된 역사적 조건에 반향하는 단계로까지 확장되고 있다는 점이다. 그것은 이전 시집에서 다음과 같은 절묘한 문장의 형식으로 표현된 바 있다. "최근에 나는 최근 사람이다. 점점 더 최근이다"(「최근에 나는」). 최근이란 무엇인가. '최근'이라는 단어는 특정한 시간을 구체적으로 지시하지 않는 불명료한 시간 명사이다. 그것은 현재와의 관계 속에서 인식될 수 있는 시간적 상태, 시간과 내가 맺고 있는 관계의 거리를 표상한다. 따라서 "점점 더 최근" 사람으로 거듭나는 '나'는 현재와 극도로 밀착한 존재, 급기야 우리의 세계가 놓여 있는 당대적 조건 속으로 용해되어 시간 자체와 일치되어버린 주체에 다름 아니다. 말하자면, 최근의 이수명에 등장하는 "최근 사람" '나'는 단순히 현대적인 인간, 새로운 인간, 혁신적인 인간으로 설명될 수 없다. 그것은 '최근'이라고 모호하게 부를 수밖에 없는 오늘날의 동시대적 지평에 익숙한, 급기야 동시대의 시간성을 형상화하고 있는 익명의 주체를 체현한다.

『물류창고』에서 이수명이 '최근'이라는 단어로 표출한 시간성의 형식이 이번 시집에서도 유효한 테마라는 점을 보여주는 사례는 적지 않다. 우선 시집의 관문에 해당하는 첫 시를 보자.

　　꿈에 네가 나왔다.

네가 누더기를 걸치고 있었다. 왜 누더기를 입고 있니
누더기가 되어버렸어
날씨가 나쁜 날에는 몸을 똑바로 세울 수 없는 날에는
누더기 옷을 꺼내 입는다고 했다.

꿈에 네가 나왔다.
꿈속을 네가 지나가고 있었다. 너무 자연스럽게 걸어
가서
너무 쓸쓸해서 땅에서 돌멩이를 주웠는데
빛을 다 잃은 것이었다.

돌벽 앞에 네가 한동안 서 있었다.
나는 돌벽이 무너질 것 같다고 피하라고 했는데
너는 집을 나와서 천천히 산책 중이라고 했다.

꿈에 네가 나왔다.
아주 짧은 꿈이었다.

　　　　　　　　　　　　　　─「꿈에 네가 나왔다」 전문

　꿈에 나온 '너'를 시로 읽는다면, 우리는 이번 시집의
주요 테마와 더불어 시인 자신이 대면하고 있는 세계의
시간성을 형상화하는 원리를 파악할 수 있다. 우선 화자
는 지금 자신이 꾼 꿈을 복기하고 있는데, 거기에 등장

한 '너'는 "누더기를 걸치고" "집을 나와서 천천히 산책 중"이었다. 먼저 이희우의 날카로운 분석에서 지적된 바 있듯, '옷'이 이수명의 시 세계를 관통하는 핵심적인 소재 중 하나라는 사실을 상기하는 것이 유용해 보인다.[5] 옷은 '시인의 부재' 또는 '부재하는 시인'이라는 이수명의 말라르메적 이념(주관성의 부재)을 표상하는 대상이자, 그가 직면하고 있는 당대성을 감각화하는 외피(표면)의 역할을 수행한다. "옷을 입는다. [⋯⋯] 오늘의 옷 속으로 익사한다"(「나의 부드러운 현존」, 『언제나 너무 많은 비들』). 이수명의 화자가 어떤 옷을 입고 시에 출현하는지, 그리고 무엇을 하는지는 결국 그가 어떤 세계, 어떤 오늘에 속해 있는지에 달려 있다.

앞 시의 "누더기 옷을 꺼내 입"은 '너', 급기야 누더기와 일치되어버린 '너'("누더기가 되어버렸어")는 "날씨가 나쁜 날" "몸을 똑바로 세울 수 없는 날"을 외화하고, 세계와 관련된 불길한 분위기와 주체의 무기력을 반영하는 것으로 보인다. 그런 맥락에서 이를 물질화하는 "누더기"라는 옷의 형상은 흥미롭다. 그것은 구멍 나고 해어진 옷을 계속 사용하기 위해 상이한 천 조각과 옷감으로 덧대고 꿰맨 옷, 온전한 대상으로 매끈하게 펼쳐지지

---

5 이희우, 「옷의 딜레마: 경쟁하는 세계들―이수명론」, 『문학과사회』 2021년 여름호.

못한 불균등한 표면이다. 이수명의 시적 주체는 최근 들어 이처럼 이질적이고 모순적으로 보이는 질료들이 하나의 공간에서 이접적으로 결합disjunctive conjunction된 상태, 서로 다른 파편들이 뒤섞이고 병렬 공존하고 있는 하나의 평면을, 단일성의 형식으로 입기 시작한다.

그러므로 화자가 입고 있는 누더기가 낡게 느껴진다면 단순히 그것이 오래되어서, 과거의 옷이라서가 아니다. 핵심은 서로 다른 시간 조각들temporalities이 함께con 기워져 동일한 시간성contemporary의 지평을 구성한다는 점이다. 이러한 단일한 (그렇지만 불균등한) 시간성 속에서 '과거 – 현재 – 미래'가 무차별해지는 것은 불가피하다. 과거 또는 미래와 구분되지 않는 오늘, 아니 과거와 미래가 한데로 응축된 영원한 현재 속에서 "오늘 같은 날이 그냥 계속 이어"(「내일은 더 추워진다고 해요」)질 수밖에 없기 때문이다. 그러므로 산책을 위해 집을 나선 '너'는 "어제도 없고 내일도 없는 것처럼 하늘도 없고 땅도 없는 것처럼"(「해피 뉴 이어」) 걸어갈 뿐이다. 하늘과 땅이라는 공간적 분할도 무너져 있는 하나의 거대한 표면이 바로 이수명의 시가 체현하는 동시대성의 시간이다.

그렇다면 왜 꿈인가? 동시대성의 시간contemporaneity에서는 사실상 시간이 동결되어 있기 때문이다. 물리적인 시간이 흐르지 않는다는 뜻이 아니다. 영원히 지속되는 현재 속에서 주체가 자신이 처한 시간의 고유성을 발견할 수 없고, 급기야 시간과 유의미한 관계를 맺을 수 없다는 뜻이다. 동시대성의 세계에서 주체는 "시간이 지체된 듯"(「확실한 것은 아니야」) 느끼고, "공중에 지체하는 시간이 늘"(「주기적 여름의 교체」)어만 간다고 호소한다. 세계의 변화가 감지된다고 하더라도 그것은 나와 전혀 무관하게 이루어지는 현상에 지나지 않는다("시간이 자동으로 흘러가요", 「연못에 들어가면 안 돼요」). 시간으로부터 폐제된 동시대인에게 현실은 그 자체로 꿈의 동의어이다.

나는 발끝으로 서 있다 시간은 어디로 간 것일까 아침에는 아침을 먹고 점심에는 점심을 저녁에는 저녁을 먹었는데 천장에 매달린 형광등은 계속 깜빡거리고 창밖으로 차가 한 대도 지나가지 않아 틀렸어 우리는 모두 현실 감각을 잃었어

──「물류창고」(p. 28) 부분

도서관에 앉아 있으면 시간이 흐른다. 사람들이 책장을 넘기기 때문이다. 모두들 무언의 약속을 한 듯이 책장을 넘긴다. 어떤 사람은 빨리 연거푸 넘기고 어떤 사람은 아주 천천히 한 장을 넘긴다. 뒤로 넘겼다가 앞으로 갔다가 다시 뒤로 넘기는 사람도 있다. 한여름이다. 책장을 넘길

때 사람들은 젊어 보이고 다시 늙어 보인다. 무슨 일이 진
행되고 있는지 모른다. 나는 몇 시간째 펼쳐진 페이지 그
대로다.

　　　　　　　　　　　　　　　　　—「잠자는 책」 부분

　현실 감각을 잃은 주체는 단순히 현실이 부재한다고
느끼는 존재가 아니다. 오히려 과도하게 지속되는 현실
로 인해, 형광등의 계속되는 깜빡임처럼 반복의 형식으
로 지속되는 현재성으로 인해 주체가 시간 감각을 잃어
버리게 된 것이다. 여기서 현실 감각을 잃은 주체가 곧
시간 감각을 잃은 주체라는 사실이 밝혀진다. "아침에
일어나면 아침에 갇힌 것 같고 밤에 누우면 밤에 갇힌
것 같다"(「빛을 세워도 좋을까」). 이수명의 주체에게 시
간은 사라졌는데, 그것은 압도적으로 현재라는 시간에
갇혀 있기 때문이다.
　두번째로 인용한 시에서도 상황은 유사하다. 도서관
에 앉아 있는 나는 사람들이 책장을 넘기는 소리를 통해
시간이 흐른다는 사실을 인지한다. 그러나 시간이 흐르
고는 있어도 그것이 일정한 방향으로, 즉 '과거 - 현재 -
미래'라는 연속적이고 선형적인 방식으로 진행되지 않
는다. 오히려 가시화되는 것은 책장을 넘기는 사람들 사
이의 서로 다른 흐름과 속도, 그리고 상이한 방향으로
전개되는 시간이 한데로 응축되어 있는 현상이다. 젊음

과 늙음이 동일한 지평에서 이상한 방식으로 교차됨으로써("책장을 넘길 때 사람들은 젊어 보이고 다시 늙어 보인다") 나는 "무슨 일이 진행되고 있는지 모"르는 상태로 남겨진다. "나는 몇 시간째 펼쳐진 페이지 그대로다." 단순히 화자가 책장을 넘기지 않는다는 의미가 아니다. 그에게는 동결된 시간성, 흐르지 않는 시간, 무한히 지속될 수밖에 없는 현재라는 시간이 그 자신의 존재를 증명한다.

『도시가스』는 이처럼 '역사의 종언'이라는 말로도 수식될 수 있을 동시대의 끝없는 현재성에 대한 각성을 표출한다. 앞서 살펴본 「꿈에 네가 나왔다」에서 '나'는 잠과 의식의 접경, 현실과 비현실의 불특정한 경계에서 시가 현재라는 꿈의 지평을 목적 없이 배회("산책")할 수밖에 없음을 예고하고 있다. 따라서 너를 통해 이루어지는 '나'의 메타적 각성이 꿈에서 현실로의 완전한 이동이나 귀환이라고 간주할 수는 없다. 반복하거니와 이수명의 세계에서 꿈과 현실의 이분법은 무화되어 있다. 그의 각성은 벤야민이 초현실주의의 이념을 규명하는 과정에서 제시한 '범속한 각성profane Erleuchtung'과 더 유사해 보인다. "자본주의는 꿈을 수반한 새로운 잠이 유럽을 덮친 하나의 자연 현상으로, 이러한 잠 속에서 신화적 힘들이 재활성화되었다."[6] 시가 꿈을 산책하는 이유는 물신들이 장악해버린 환상적 현실을 꿈의 세계와 동일시하는 과정을 통해 비로소 자기 자신의 위치를 재발견할 수 있기 때문이다. 그렇다면 '나'가 언급한 "아주 짧은 꿈"(「꿈에 네가 나왔다」)은 분절적으로 반복되어야 할 꿈, 영원히 지속될 수밖에 없는 꿈 – 현실에 관한 일종의 알레고리적 예고편에 다름 아니다. 시집에 등장하는 인물들이 자주 잠을 자거나, 잠으로 향하고, 때로는 잠에서 막 깨어난 몽롱한 상태에서 꿈과 현실의 문턱을 가시화하는 것도 그 때문이다. "눈을 떴다가 다시 잔다 몸이 녹아들 때까지 잔다"(「음 소거」)고 말하는 화자, "미친 듯이 자다 깨고 자다 깨"(「4단지」)는 과정을 반복할 수밖에 없는 주체에게 잠은 자신이 현재 처해 있는 실존적 조건을 지시하거나("잠을 그칠 수 없고", 「물푸레나무」), 그가 속해 있는 어떤 역사적 시공간의 동질성("같은 데서 잠들고 같은 데서 일어나고", 「정적이 흐른다」)을 나타내는 것처럼 보인다.

그래서 화자는 이렇게 말한다. "지금은 얕은 잠을 더 자고 싶을 뿐이야 [……] 점진적으로 잠과 일치하려고 노력하는 중이야"(「6월」). 얕은 잠을 자는 화자는 깨어 있는 주체와 사실상 동일한 존재이다. 꿈과 현실의 경계가 무화되는 "얕은 잠"의 표면을 산책하는 주체들의 세

---

6 발터 벤야민, 『방법으로서의 유토피아』(아케이드 프로젝트 4), 조형준 옮김, 새물결, 2008, p. 15.

계에서 시인 스스로도 하나의 익명적 존재로 거듭난다. 이 지점에서 이수명이라는 이름의 시인이 텍스트의 주인이라기보다, 차라리 하나의 기호에 비견될 수 있다는 사실까지도 강조되어야 한다. 이수명이라는 고유명은 『도시가스』에 수록된 시 텍스트를 지칭하기 위해 필요한 일종의 익명적 집합 명사, 혹은 코드화된 명칭에 다름 아니다. 표면 역시 이수명이라는 이름이 펼쳐놓은 어떤 익명적 언어의 지평에 다름 아니다. "나는 음성이 없다 세상이 없다/그냥 입고 있는 옷을 말리며 유령처럼/펄럭이며/죽은 줄 모르는 채 왔구나"(「유령처럼」). 화자에게 음성이 없는 것은 시의 텍스트가 시인의 목소리, 생각, 감정으로 환원되지 않고 자아를 갖지 않은 존재들("유령처럼")의 부유하는 말처럼, 더 이상 깊이가 느껴지지 않기 때문이다. 이러한 깊이가 부재한 세계에서 저자로서의 이수명, 고유한 내면을 소유한 시인 역시 사라질 수밖에 없다. "나는 아마 세상과 동떨어지는 중이다." 그러나 세상과 시인 사이에서 거리가 발생하고 있다는 말은 시인이 현실 너머의 다른 곳으로 해방되고 있다는 뜻으로 이해되어서는 안 된다. '세상'을 우리가 존재한다고 믿는 어떤 의미 있는 현실로 간주할 때, 의미의 세상에서 사라져버린 시인이 결국 도달하게 될 공간이 또 다른 동질성의 평면이라는 사실이 드러나기 때문이다. 그곳에서 "나는 아마 세계와 공통되는 중이다"(「완전한 나무들」). 이러한 공통성의 지평, "아무것도 아니고 아무의 사람도"(「창가에 서 있는 사람」) 아닌 "특성을 잃어버"(「물푸레나무」)린 존재들이 "오랜만이야, 만나서 반가워, 비슷한 말을 반복"(「물류창고」, p. 20)하는 시공간이 바로 『도시가스』의 세계이다.

3.

이번 시집의 표지에 적혀 있는 '도시가스'라는 단어는, 그리고 동일한 제목으로 실려 있는 여섯 편의 작품은 이수명의 최근 시를 관통하는 문제의식, 그리고 시에 등장하는 주체들이 들러붙어 있는 광활한 세계의 동시대성을 반영하는 중이다. 이와 관련하여 "도시가스"라는 제목의 시들에 일련번호가 붙어 있지 않다는 점은 흥미롭게 여겨질 수 있다. 번호의 부재는 개별 시편들을 식별하는 것을 어렵게 하며, 「도시가스」가 통상적인 연작시의 장르적 문법을 따르지 않는다는 것을 나타내준다. 연작시라는 장르적 명칭에는 각각의 시편들이 개별성을 지니면서도 어떤 동일한 주제나 테마로 연결될 수 있다는 전제가, 다시 말해 연속성의 감각이 함축되어 있다. 반면 이수명의 시집에서 '도시가스'라는 이름으로 불릴 수 있는 여섯 편의 작품들은 자신에게 붙어 있는 이름으로 온전하게 구별되거나 개별화되지 않는다. 누군가 「도시가스」를 지칭할 때 그것이 어떤 텍스트를 지시하는지, 그것들 가운데 이 시집을 대변하는 진정한 표제작이 무엇인지 특정하는 것은 불가능하다.

'도시가스'라는 이름의 시들을 하나로 묶어줄 수 있는 의미 있는 상징적 고정점은 부재하고, 그것들을 구분하는 가시적인 차이 역시 존재하지 않는다. 아니, 반대로 말해야 한다. '도시가스'라는 텅 빈 이름이, 즉 의미의 부재가 여기에 그려지고 있는 존재들을 느슨하게나마 공통성의 세계에 연루시키고 있다. 이수명의 시에서 개별화된 중심, 고유한 내면을 지닌 주체, 유일무이한 개성적 진실 같은 것이 발견되지 않는 것도 그 때문이다. 요컨대 전면화되는 것은 '도시가스'에 의해 장악된 세계의 동질성이다. "서울은 거의 모든 가구에서 도시가스를 사용한다"(「도시가스」, p. 19). "도시가스 보급이 전국으로 확대되었다"(「도시가스」, p. 25). '도시가스'는 '세계 – 내 – 존재'로서 현대인들이 놓여 있는 삶의 발생적 조건을, 그리고 그곳에서 생산되는 주체의 동시대적 현황을 보여주는 익명의 기호에 가깝다. 이른바 '도시가스'에 의해 생성되는 세계는 "아무런 변함 없이 도시에서 살아가는 중"(「물류창고」, p. 37)인 동시대인의 "아무런 변화도"(「다른 날」) 기대할 수 없는 삶, 오직 반복을 통해 유지되는 평면화된 삶을 생산한다.

안녕하세요

이곳에서
안녕하세요

밤과 낮이 교대해요
안정이 되었나요

하루에도 몇 차례씩
가스를 열었다가 잠그고
잠갔다가 연다.

밸브에서 가스가 새는지 확인한다.
밸브를 잠그고 생각한다.

[……]

바닥에는 배관이 잔뜩 매립되어 있다.

배관 교체를 해야 한다고 한다.
어떤 배관이 좋은지 문의한다.
모든 제품이 최신형이고 다 좋다고 한다.
그것으로 충분해요

오늘은 모형 자동차 굿즈를 구입한 날이다.

　　　　　　　　　　　　　—「도시가스」(pp. 12~13) 부분

　사람들은 일상을 영위하는 과정에서 "하루에도 몇 차
례씩/가스를 열었다가 잠그"는 행위를 반복한다. 그럼
에도 불구하고 "우리에게는 가스가 있다"(「도시가스」, p.
25)는 사실, 가스를 매일 공급하는 "배관이 잔뜩 매립되
어 있다"는 사실이 중요하게 인식되지는 않는다. 왜 그
럴까. "가스는 색깔이 없고 냄새가 없고 무게가 없고 가
스는 소리가 없고 보이지도 않"(「도시가스」, p. 25)기 때
문이다. 단순히 가스가 감각적으로 인지되지 않는다는
뜻이 아니다. 우리에게 공급되는 가스를 사용하는 행위
를 거듭하는 과정에서, 다시 말해 반복 속에서 행위 자
체가 인지되지 못하고, 행위의 주체인 인간 역시 평면화
된다는 의미이다.
　평소에는 인지하지 못했던 가스의 존재가 감지되는
순간은 그러므로 안전 점검 주기가 돌아왔을 때, 내가
관리 체계의 네트워크에 포섭되어 있다는 사실을 자각
할 때이다. 위 시는 지금 가스 검침원이 방문한 상황을
그리고 있다. 검침원이 방문하며 통상적인 인사를 가볍
게 주고받고 밸브에서 가스가 새고 있는지 점검할 때,
우리는 문득 내가 누리고 있는 "이곳에서"의 "안녕"과
"안정"이 상당히 위태로운 토대 위에 서 있다는 사실을

깨닫게 된다. "가스통을 너무 많이 싣고 간다./위험한 오토바이 위험한 가스통"(「도시가스」, p. 19). 그러나 이러한 불안에 어떤 깊이가 형성되어 있다고 보기 어려우며, 화자 역시 폭발에 대한 불안을 크게 느끼지 않는다는 사실이 중요하다. 불안은 순식간에 평면화된다. 설령 가스가 새는 징후가 발견된다고 해도 노후한 "배관 교체를" 하면 위험은 쉽게 해소될 수 있기 때문이다.

이처럼 도시가스로 이루어진 오늘의 세계에서는 행위들의 반복을 통해 유지되는 현대적 무의미성이 전면으로 부각되어 있다. 반복이 불러오는 다름이나 차이, 즉 새로움의 가치도 동질성의 평면으로 환원되고 휘발되어 버린다. "모든 제품이 최신형이고 다 좋다". 도시가스의 세계에서는 모든 배관들이 최신형이고 기능도 "충분"히, 아니 과도하게 활성화되어 있다. 따라서 최신의 것, 최근의 것, 즉 동시대적인 것은 차이와 새로움의 상징적 표상이 아니라, "비슷한 것은 계속 비슷한 것으로 있"(「밖에 있는 사람」)도록 지속시키는 균등성의 매개이다. "오늘은 모형 자동차 굿즈를 구입한 날이다"라는 마지막 문장은 이수명의 시에 반영된 동시대의 독특한 성격을 절묘하게 표출한다. "오늘은 모형 자동차 굿즈를 구입한" 어떤 하루, 특정한 시간을 단순히 지시하지 않는다. 해당 문장에서 주체의 행위는 '오늘은 ~ 날이다'라는 시간을 부각하는 문장 형식 속으로 용해되어 있다. 이른바 "오늘"은 실제 자동차가 아니라 그것을 축소하고 모방한 레플리카, 즉 시뮬라크르simulacre로 재편된 시공간 그 자체이다.

> 장소부터 말해봐
> 어느 국수집으로 가는 건지
> 아까 본 베트남 쌀국수는 사거리 번화가에 있고
> 베트남 쌀국수는 어디에도 있다. 다음 골목에도
> 베트남 쌀국수 계속 베트남 쌀국수
>
> [……]
>
> 여기서 가장 가까운 데를 검색해보자
> 네가 좋아하는 숙주나물을 잔뜩 얹어주는 곳
> 우리는 설익은 나물을 씹으며 평소의 표정을 지을 거야
> 먼 곳을 바라보며 가능하면 보편적인 표정을
> 보편적인 나물 앞에서
> ──「도시가스」(pp. 18~19) 부분

하나를 붙이면 다른 하나가 떨어지고 그것을 붙이면
처음 것이 떨어지는
이상한 타일 붙이기를 하고 있을 때
계속 여기 머물러 있는 것이 좋은지

알지 못한다. 어디로 옮겨 가는 것이 좋은지

알지 못한다. 그래도

신음 소리는 내지 않는다.

　　　　　　　　　　　　　　—「무단결석」 부분

　이수명 시의 초현실성은 현실 바깥의 어떤 상상의 세계, 현실 너머의 독특하고 낯선 시공간에서 발현되는 것이 아니다. 오히려 우리 눈앞에 명료하게 드러난 세계의 형상, 즉 반복의 편재성이 초현실성을 극대화한다. 어디나 비슷한 형태의 베트남 쌀국수 집들로 가득한 도시를 떠올려보자. "좋아하는 숙주나물"과 함께 쌀국수를 먹으며 "평소의 표정"을 지을 때, 나는 쌀국수를 먹는 주체, 쌀국수를 좋아하는 주체로 거듭날 수 있다. 그러나 개인이 아니라 세계 전체로 시야를 확장하게 된다면, 주체의 선호, 취향, 선택, 기분 등이 그 자체로 독립적일 수 없다는 사실이 밝혀진다. 즉, 동시대 주체의 탄생은 하나의 고유한 나를 발견하는 과정과 "어디에도 있"는 "보편적인 표정"의 동시대적 네트워크에 합류하는 과정의 중첩 속에서 해명되어야 한다. 사정이 그러하기에 "사람들도 다 비슷하고 어떤 사람은 지나가면서 입을 가리고 무어라고 얘기하지만/입을 가린 채 비슷"(「밖에 있는 사람」)할 수밖에 없다. 이수명의 세계에서 보편성이란 누구에게나 통용될 수 있는 절대적인 진리를 가리키는 것이 아니라 인간의 개별성과 차이를 생산하는 동시에 무화시키고, 존재를 발생시키며 익명화하는 장치dispositif들의 편재성을 가리킨다.

인용한 두번째 시의 "이상한 타일 붙이기"라는 행위는 동시대를 살아가는 인간의 가장 전형적인 삶의 형식을 형상화한다. 반복은 자기 자신을 무화시키는 행위들의 계열적 증식을 야기하지만, 주체는 오직 그 행위 속에서만 스스로의 존재를 증명할 수 있다. 영원히 이어질 것 같은 자기 존재 증명을 중도에 그만두는 것도 불가능하다. 반복의 무의미함을 모르지 않더라도, 그 바깥의 다른 세계를 상상할 수 없기 때문이다. 주체는 "어디로 옮겨 가는 것이 좋은지/알지 못한다". 그렇다고 해서 이 무한한 반복 속에서 특별한 고통이 피력되는 것도 아니다. "그래도/신음 소리는 내지 않는다."

이때 고통을 포함해, 세계를 대면하는 주체들의 감정이 좀처럼 감지되지 않는다는 사실을 특기할 필요가 있다. 깊이 있는 감정의 부재는 내면의 표현을 추구하지 않았던 이수명 특유의 시학적 원칙과 관련되면서도, 『도시가스』의 주체들이 처해 있는 세계의 독특성을 해명하는 기점으로도 이해될 수 있다. 즉, 이수명의 익명적 주체는 단순히 세계로부터 부정되는 주체, 소외된 주체라는 의미로 한정되지 않는다. 현대 사회의 전형적 특징으로 알려져 있는 군중 속의 소외된 개인, 혹은 몰개성적인 주체의 무능impotence을 고발하고 비판하는 것이 시의 목적이 되지도 않는다. 부정하는 주체는 부정되는 대상에 대한 인식 속에서 현실을 결여의 공간으로 묘사하고, 마침내 현실의 재건을 위한 노력을 재개할 수 있다. 누군가가 세계로부터 소외되었다고 주장할 때, 소외된 존재는 일시적으로 자신의 진정한 역량과 내면을 빼앗긴 존재로 묘사되지만, 여전히 가능성이 남아 있는 존재이다. 같은 맥락에서 고통의 표현은 세계로부터 부정당하고 소외된 존재가 있음을 드러내는 목소리, 부정적 가능성의 표식에 다름 아니다.

반면 이수명의 시에서 부상되는 익명적 주체가 처한 상황은 좀더 근본적이고 전방위적이다. 세계의 표면에서 전개되는 반복 속에서 주체는 소외된 인간이 아니라 차라리 들뢰즈가 말한 '소진된 인간'에 가깝다. 소진된 인간은 "무얼 해도 피로를 풀 수가 없다"(「빛을 세워도 좋을까」)는 점에서 소외된 인간의 무능을 한층 심화시킨 존재다. "피로한 인간은 더 이상 실현할réaliser 수 없다. 그러나 소진된 인간은 더 이상 가능하게possibiliser 할 수 없다."[7] 소외된 인간은 개성을 상실한 존재, 자기 자신의 의미를 실현할 수 있는 기회를 부정당한 존재, 그래서

---

7   질 들뢰즈, 『소진된 인간』, 이정하 옮김, 문학과지성사, 2013, pp. 23~24.

아직은 여전히 가능성의 존재이다. 반면 소진된 인간에게 가능성은 근본적으로 차단되어 있다. 오히려 지나치게 활성화된 가능성으로 인해 더 이상 가능한 것이 남아 있지 않은 존재가 소진된 인간이다. 평면화된 익명성은 그러한 소진된 인간이 겪고 있는 가능성의 고갈, 즉 전면적인 불가능성에 근접해 있음을 환기한다. 마찬가지 맥락에서 우리는, 익명적 주체를 체현하는 이수명의 주인공들이 '동일성의 폭력' 또는 '주체의 죽음' 등의 현대적 테마를 한참 상회하고 있다고 말해야 한다.

소진된 인간이 목적을 잃은 존재라는 사실은 그래서 중요하다. 목적의 부재가 야기하는 사태는 이중적이다. 그는 행위를 반복하지만, 그 행위의 목표뿐만 아니라 그것의 기원 자체도 상실해버린다. "왜 날마다 배드민턴을 쳤는지 모르겠다"(「에티오피아식 인사」), "지금은 왜 이 낯선 거리를 걷고 있는지 알 수 없었다"(「주기적 여름의 교체」). 자신의 기원을 알 수 없고, 그 자신의 도착지 자체를 예견하지 못한 존재에게는 돌아갈 과거도, 나아가야 할 미래도 존재하지 않는다. 그가 돌아가야 할 곳, 나아가야 할 시간은 영원히 지속되는 현재의 동질성, 즉 동시대성의 거리이다. "거리에 서서 거리를 나란히 걸으면서 계속 똑같은 거리를 걸어가는 사람들의 잘못을 좋아한다"(「겨울」). 이수명의 주체가 똑같은 거리에 놓여서 똑같은 행위를 함께하는 것을 굳이 마다하지 않는 이

유는 그것을 특별히 선호하기 때문이 아니라, 그것만이 자기에게 주어진 거의 유일한 가능성의 지평이라는 사실을 모르지 않기 때문이다. 도시로부터 벗어나는 행위, 세계로부터 이탈하려는 욕망, 현실로부터 "뛰어내리는 상상"은 세계와 마주하고 있는 "창이 곧 사라져버"(「창가에 서 있는 사람」)리면서 불가능한 것으로 판명된다. "그는 창고에서 아무것도 하지 않는다. [……] 빠져나가기가 어려울 뿐이다"(「물류창고」, p. 20). 그는 세계 바깥으로 빠져나갈 수 없다. 이수명의 시에서 어떤 내밀한 고통이, 세계로부터 소외됨으로써 발현될 수 있는 부정적 감정이 좀처럼 감지되지 않는 이유가 거기에 있다. 익명적 주체는 단순히 죽은 주체가 아니라 세계로부터 동등하게, 무차별하게, 관리되면서 "살아 있는 채 없어지는 중"(「이 노을」), 사라진 채 재생산되는 중이다.

> 폰에는 구청에서 보낸 긴급재난문자가 도착해 있습니다
> 나는 무엇을 하려던 것일까요
> 사라집니다 방금 있었는데 하려던 것이 사라집니다 현실은 나를 사라지게 합니다
> 그러나 생각해보니 하려던 무엇이 그 무엇도 아닐 거예요
> ──「물류창고」(p. 37) 부분

이제는 어느덧 익숙해진 휴대전화의 '긴급재난문자'
는 우리가 거주하는 동시대성의 세계가 전하는 메시지
를 알레고리적으로 형상화한다. 세계 곳곳에서 재난이
발생하고 있고, 그 사실을 알리는 텍스트가 무심하게, 수
시로 날아든다. 매일매일 전염병에 걸린 사람들의 숫자
가 보도되고, 우리 각자가 취해야 할 안전 수칙들이 고
지되는 오늘날 '나'는 메시지들의 네트워크에 포섭된 존
재, 언제든지 '긴급재난문자'에 표기된 숫자의 일원에 합
류될 가능성에 의해 균질화된 존재이다. 현실이 나를 사
라지게 한다는 것은 실제로 내가 부재한다는 의미라기
보다, 모든 것을 "물류 관리"(「물류창고」, p. 28) 대상처럼
통치할 수 있는 압도적인 세계의 가능성 안에서, 역설적
이게도 내 행위의 목적과 고유성이 박탈되어버렸다("나
는 무엇을 하려던 것일까요")는 것을 가리킨다.

이처럼 이수명의 주체는 곳곳에서, 도처에서, 세계를
활성화하는 장치들에 의해 지속적으로, 과잉되게 호명
되고 점검받는 존재에 다름 아니다. "내가 누구와 몇 사
람과 살고 있나 실거주인 조사를 한다"(「명랑한 커피」).
세계에 의해 무차별하게 관리되고, 유통되고, 통치되며,
생산되는 주체들이 이 시집의 현실적인 주인공들이다.
주인공 '들'이라고 복수형으로 표현했지만, 그들은 모두
가능성을 소진했다는 의미에서 동질적인 평면에 속해
있다. "막대기처럼 긴 팔과 다리 들이 반복해서 나타났

다 사라지고/그러면 그 비인간적인 행위도 당분간 동일 인물의 소행일 것이다"(「다른 날」). 여럿이면서 하나인, 하나이면서 여럿인 주체들. 지금 그들의 "주머니에는 도시가스 사용 고지서가 들어 있다"(「도시가스」, p. 46). 내가 소유한 것, 내가 가지고 있는 것은 특별한 역량, 자아, 영혼 따위가 아니다. 주체가 도시에서 살아가면서 수행했던 행위들을 계량화하는 지표, 가스 사용 고지서만이 나의 현존을 고지할 수 있을 뿐이다.

4.

사정이 그러하기에 이수명의 탈출 불가능한 세계, 비판과 부정의 여지조차 남아 있지 않은 세계에 모종의 디스토피아적 그림자가 드리워지는 것은 불가피하다. 『물류창고』의 해설에서 조재룡이 매우 정확하게 지적했듯, 이수명의 주체들이 살아가고 있는 시공간은 "복제된 곳이 아니라, 오히려 부정할 수 없는 단 하나의 원본, 단 하나의 세계, 단 하나의 장소, 그러니까 복제되어 원본의 마법적인 힘이 약화되거나 사라질 것이라는 생각조차 허용되지 않는 곳"[8]이기 때문이다. 가짜와 진짜, 허구적인 것과 진실된 것, 내면과 외면, 예술과 상품, 오래된 것과 새로운 것, 현실과 비현실의 구분조차 작동하지 않는 세계. 그 모든 것이 동등하게 현실적인 것으로 현행화된 시공간이 동시대성의 풍경이다.

> 비가 내리는데
> 어떤 사람은 원룸에 있고
> 어떤 사람은 그 옆에 똑같은 원룸에 있고
> 어떤 사람은 원룸에서 나와 죽어간다.
>
> 비가 내리는데 계속 차를 몰고 갈 거예요?
>
> 빗속을 돌아다니는 차들이 슬퍼요
> 돌아다니다가 공평하게 원점으로 다시 돌아오는 것이
> 슬퍼요
>
> 차를 몰고 싶지 않은데
> 그 무엇도 이제는 몰고 싶지 않은데
> 벼랑 끝으로 몰고 가고 싶지 않은데
>
> [……]

---

8 조재룡 해설, 「'끝없는 끝'의 세계에 오신 것을 환영합니다——주체-대상-행위의 무효와 노동의 종말에 관하여」, 『물류창고』, 문학과지성사, 2018, p. 121.

차츰 거리에 차들이 많아진다.

언제부터 나온 차들인지 모른다. 조용히

나란히 움직이는 차들 속으로 끼어든다.

깜빡이를 켜고

빨간 차와 검은 차 사이로 끼어든다.

—「비가 내리는데」 부분

원룸이라는 개인적인 공간에 다만 "어떤 사람"으로 지칭될 수밖에 없는 익명의 존재들이 살고 있다. 이들은 모두 개별화된 주체이지만, 다른 한편으로는 원룸으로 통칭되는 동질성의 세계에서 "어떤 사람"이라는 불특정한 명칭에 포섭되어 있다. "빗속을 돌아다니는 차들" 역시 사정은 마찬가지이다. 거리에 나온 차들이 달리고 있는 제각각의 이유와 목적, 그리고 목표가 있겠지만 그러한 차이들 역시 도로 위를 부유하는 차들의 영원한 흐름을 형성하다가 결국 "공평하게 원점으로 다시 돌아오"도록 결정되어 있다.

아마도 이 결정론적 공평성에 대한 인식, 즉 세계를 지속하게 하는 거대한 흐름에 똑같이 합류하고 있다는 메타적 자각이 종종 화자로 하여금 "차를 몰고 싶지 않"다는 생각을 야기했을지도 모른다. 『도시가스』에서 우리가 발견할 수 있는 거의 유일한 의지를 하나 지목할 수 있다면, 그것은 "그 무엇도 이제는 몰고 싶지 않"다는 욕망, 즉 모든 행위를 전면적으로 중단하고 싶다는 화자의 욕망이다. 그래서 곳곳에서 다음과 같이 다짐하고 토로한다. "출발하는 것이 싫어 아무 곳도 가고 싶지 않다"(「무단결석」), "오늘은 더 멀리 가지는 않을 것이다"(「도시가스」, p. 46), "여름이 왔을 때/나는 일을 그만두려는 중이었다"(「주기적 여름의 교체」). 그러나 중단에의 욕망은 죽음에의 욕망과 구별되기 어렵다는 점에서 주체 자신에게도 위협적인 욕망이다.

> 도중에 내려달라고
> 도중에 라디오를 꺼달라고
> 창문을 내리고 맑은 공기를 쐬고 싶다고
> 내려달라고 걷고 싶다고
>
> 운행을 중단시키고
> 내렸는데
> 중간에 떠오르는 거품은 걷어내는 것이 팁이라고 라디오에서 어느 셰프의 음성이 흘러나왔는데
>
> ──「팝콘」 부분

화자는 차의 "운행을 중단시키고" 세계를 유지시키는 순환 회로에서 벗어나기를 희망하지만, 그로부터 일탈할 때 주체에게 날아드는 것은 이 세계의 경고음("셰프

의 음성")이다. "중간에 떠오르는 거품은 걷어내는 것이 팁"이다. 세계에 합류하지 않는다는 것은, 단지 그것에 저항하는 것, 혹은 벗어나는 것을 뜻하지 않는다. 세계 바깥의 다른 세계는 없다. 중도에 행위를 포기하는 경우 '나'에게 강요되는 것은 완전한 무, 즉 죽음이다. "중간에 떠오르는 생각은 중간에 죽는다"(「팝콘」). 주체에게 제시되는 것은 일종의 양자택일이다. 죽음을 선택할 것인가, 아니면 죽은 듯 살아 있을 것인가. 결국 이수명의 주체는 가끔 "죽은 채 발견되는 일을 생각"하면서도 끝내 그 "계획은 실현되지 못한"(「풀 위에서 웃었다」) 채 세계에 남겨진다. 「비가 내리는데」의 주체 역시 "그 무엇도 이제는 몰고 싶지 않"다고 토로하지만, 결과적으로는 이 세계의 기호 체계를 준수하면서("깜빡이를 켜고") 다시 저 순환의 회로에 합류하고야 만다. 결국 "공평하게 원점으로 다시 돌아오는" 길을 따라, 다시 저 원룸의 공간으로 되돌아가게 될 것이다. 하지만 바로 그 순간, 예상 밖의 분기점이 발견되기도 한다.

어디에 차를 세울까

어제도 집 앞에 세우고 그제도 집 앞에 세우고 일주일 전에도 한 달 전에도 계속 계속 집 앞에 세우고 어김없이 그랬다. 그런데 오늘은 세우지 못했다. 집 앞에서 한 아이가 울고 있었다. 정면을 바라보며 울고 있었다. 집 주위를 빙빙 돌았는데 한 바퀴 돌고 두 바퀴 돌았는데 계속 아이가 울고 있었다. 계속 거기에 있었다. 누군지 모르겠다. 어디에 차를 세울까

　어두운 골목길에 차를 세우고 오니 아이는 없었다. 어디로 갔는지 모르겠다. 왜 우냐고 물어보려 했는데 땅을 내려다보며 울지 않았다고 대답할지도 모르는데 사라져버렸다. 나는 집 안으로 들어갔다.

―「차를 세우고」 전문

　평소 화자가 차를 세우는 집 앞에 오늘은 무슨 일인지 "한 아이가 울고 있"다. 아이를 다그칠 수 없기에 화자는 아이가 울음을 멈추기를 기다리며 다시, "집 주위를 빙빙" 돌기 시작한다. 하지만 아이는 울음을 그치지 않은 채 내 차가 주차되어야 할 자리를 점거하고 있다. 결국 '나'는 평소의 자리로부터 조금 동떨어진 "어두운 골목길에 차를 세우"기로 결심한다. 그런데 돌아와 보니 공교롭게도 아이는 사라져 있고, 집 앞의 빈자리만이 아이의 부재를 환기하고 있다.

　무슨 일이 발생했는가? 사실상 아무 일도 일어나지 않았다. "집 안으로 들어"간 "나"는 결과적으로 "원점으로"(「비가 내리는데」) 돌아가는 데 성공했고, 조만간 아

이가 왜 우는지 더 이상 궁금해하지도 않을 것이다. 시간이 좀더 흐르게 되면 아이가 울고 있었다는 사실마저 완전히 잊을지도 모른다. 내일부터는 "어김없이 그랬"던 것처럼, 집 앞에 차를 세우는 시간이 계속해서 이어지게 될 것이다.

하지만 여기서 강조되어야 할 사안은 사라진 아이가 아니라 아이의 사라짐으로 인해 순간적으로 드러난 집 앞의 빈 공간이다. 이 빈 공간은 단순히 의미의 부재도, 세상의 균열도, 가능성의 장소도 아니다. 관련해서 이러한 빈 공간을 개시하는 데, 화자가 "집 주위를 빙빙 돌"면서 또 다른 계열의 반복 운동을 거듭해야 했다는 사실이 중요하다. 요컨대 두 상이한 계열의 반복이 공존하고 중첩되어 있다. '과거−현재−미래'의 무차별성을 환기하는 변함없는 세계의 동시대적 반복과 그 반복을 잠깐이나마 지연시키는 소규모의 미세한, 일시적인 반복. 물론 후자에 의해 전자가 완전히 종식되거나 중단되는 것은 아니다. 그러나 그것은 세계의 반복 속에서도 끝내 고갈되지 않고, 소진되지 않는 (시간이 아니라) 공간, 즉 무無를 아주 잠깐이나마 출현시킨다. 『물류창고』가 전자의 사태 속에서 이루어지는 전방위적 세계화를 보여주는 데 상대적으로 매진했다면, 『도시가스』에는 이처럼 두번째 계열의 반복, 소진된 인간이 가시화하는 소진 불가능성의 사태가 곳곳에 배치되어 있다.

이제 나는 혼자서 시간을 보낸다.

주머니에는 도시가스 사용 고지서가 들어 있다. 핸드폰
은 무음 모드

버스 정류장을 지나간다.

무를 나르는 사람을 본다.

그는 낮에 트럭에서 무를 내려 박스에 담았다가

밤에 박스에서 무를 꺼내 다시 트럭에 싣는다.

낮에 트럭에서 밤을 내려 박스에 담았다가

밤에 무에서 낮을 꺼내 다시 트럭에 싣는다.

　　　　　　　　　　　　―「도시가스」(p. 46) 부분

바람 좀 쐬고 올게

무를 사 온다. 뭇국을 끓이자

무를 씻고 자른다. 작은 네모로 잘린 무의 조각들

똑같고 분별하기 힘들고 한입에 먹기가 쉽고

이 집에서 무슨 무를 자르고 있는지는 중요하지 않아

　　　　　　　　　　　　―「도시가스」(p. 32) 부분

"무를 나르는 사람을"보면서 우리는 그가 나르고 있
는 박스 안의 무와 동시에 무無를 본다. 일종의 말놀이
인가? 그렇게 단순하지 않다. 위 시의 "무를 나르는 사

람"은 밤낮으로 이어지는 유통의 현장에 있다. 이 반복되는 노동을 바라보는 화자의 시선 속에서 '밤－무－낮'의 경계는 사라지고, 그의 행위(내려－꺼내－담았다－신는다)가 행위의 대상으로부터 완벽하게 탈구되어버린다.

여기서도 두 가지 계열의 반복이 중첩되어 있는데, 그것은 무無의 이중적 성격으로 발현되어 있다. 우선 위 장면은 인간을 형해화시키고 의미를 메마르게 하는 무의미한 노동의 시간으로 해석될 여지가 있다. 이때 무無는 의미의 결여, 역량의 고갈, 실존의 박탈을 수식하면서 '있음'이라는 사태와 부정적 이항 대립의 관계를 맺고 있다. 물론 여기서도 중심을 차지하는 것은 '있음'이다. 무언가가 '무의미하다'라고 말할 때, 우리가 여전히 가정하고 의존하고 있는 것은, 어딘가 의미 있는 세계가 존재할 것이라는 믿음과 환상이다. 그렇다면 무는 또 다른 있음, 미래에 도래할 있음으로 대체될 수 있고, 메워질 수 있는, 일종의 일시적인 부재를 일컫게 될 것이다.

반면 좀더 근본적인 층위의 접근도 가능하다. 화자의 조직적 착란의 시선을 통해 "밤에 무에서 낮을 꺼내"고 "낮에 무에서 밤을 꺼내 걸어"(「도시가스」, p. 47)가는 이상한 일이 발생할 수 있기 때문이다. 이때 밤과 낮의 이분법을 지탱하는 의미 체계에 모종의 변화가 일어난다. 낮을 빛의 있음으로, 어둠을 빛의 없음으로 보는 대립적 시선이 와해되면서, 무 자체가 두 상이한 시간을 창출하는 공통의 지평이라는 사실이 밝혀지는 것이다. 이때의 무는 그러므로 의미의 부재라는 이항 대립의 변증법으로 쉽게 의미화되지 않는다. '무의미하다'라는 말로 재단될 수 없고, 그 어떤 있음의 사태들로도 가려질 수 없는 환원 불가능성impossible의 사태. 끝없이 의미를 관리하고, 통치하고, 생산하는 세계–장치들의 작동 속에서도 채워질 수 없는, 사라질 수 없는, 이름 붙일 수 없는, 언표 불가능한 공백이 무이다. 그러므로 무는 어떤 비교의 대상, 식별의 체계에 포섭되지 않는다. "이 집에서 무슨 무를 자르고 있는지는 중요하지 않아" 무는 우리 모두가 공유하고 있는 임의적인 공백이며, 이 공백의 지평에서 우리 모두가 평등한 존재로 공유될 수 있다.

자연스럽게 이런 질문이 파생된다. 의미 체계가 무너지면서 저 공백이 드러난 걸까, 아니면 공백이 나타났기에 의미 체계가 무너진 걸까. 물론 선후는, 기원과 목적은 분명하지 않다. 상대적으로 확실한 것은 이 선후의 불확정성과 동시성을 드러내는 것이 이수명 시에서 나타나는 반복의 이중성이라는 사실이다. 소진된 인간을 배태시키는 세계의 반복과 세계를 소진시키는 반복은 중첩되어 있다. 오히려 이 둘의 연계를 도모하는 일, 양자 사이의 결합을 추진하는 일, 즉 두 반복의 계열을 이어주는 언표 불가능한 '무'를 바라보는 일, 바로 거기서 이수명의 시적 비전과 정치적 전략이 동시에 탐색될 수 있다.

　평일에는 외출을 해야 해서 안전 점검을 할 수 없어요
　평일에는 마트에 가서 커다란 무를 사야 해서 점검을
할 수 없어요
　무를 들고 와서 무를 잘라서 물을 넣은 유리병에 세워
놓느라고 점검을 할 수 없어요
　물에 잠긴 무를 보고 있어서 점검을 할 수 없어요

　평일에는 쇼핑 카트를 끌고 외출을 해야 해서 안전 점
검을 할 수 없어요
　평일에는 점포 이전 후 새로 단장한 마트에 가서 입구
쪽에 진열된 커다란 무들 사이를 헤집고 다녀야 해서 점검
을 할 수 없어요
　새로 사 온 무 옆에 유리병들을 늘어놓고 어떤 유리병
이 적당한지 고르느라고 점검을 할 수 없어요
　무를 새로운 형태로 잘라서 물을 넣은 둥근 유리병에
세워놓느라고 점검을 할 수 없어요
　어제 물에 잠긴 무 옆에 오늘 물에 잠긴 무를 보고 있어
서 점검을 할 수 없어요
　　　　　　　　　　　　　　　―「도시가스」(p. 40) 부분

위 시에서도 서로 다른 두 계열의 반복이 '무'에 의해,

'무'를 통해, '무'와 함께 병렬적으로 공존하고 절합되어 있다. 주기적 안전 점검을 지연시키고 유예시키는 행동들이 그 의도를 짐작하기 어려운 이상하고도 쓸모없는 행위들, 목적을 잃은 몸짓gestus이라는 점은 여기서도 마찬가지이다. 그리고 그것이 이루어지는 공간이 "쇼핑 카트" "단장한 마트" 등 동시대의 범속한 사물들로 채워져 있다는 사실은 소진된 인간이 거주하는 공간이 여전히 세계 내부라는 점을 보여준다. 자본주의의 상징적 현장인 마트에서 그는 벗어날 수 없으며, 영원히 그 안에서 가능성의 고갈을 경험해야 한다. 그러나 가능성의 고갈은 수동적으로 그에게 주어진 운명이면서, 다른 한편으로는 능동성의 전략이기도 하다. 그가 자신의 소진과 더불어 이 세계의 사물들을 소진시키는 동시적인 원리를 '무'에서 발견하고 있기 때문이다.

이것도 일종의 저항이라고 부를 수 있을까? 그러나 여기서 명료하게 밝혀야 할 것은 이수명의 시적 정치가 제안하는 목표가 세계를 극복하는 것, 넘어서는 것, 파멸시키는 것이 아니라는 점이다. 관건은 세계 자체 내에서, 세계에 의해 온전하게 장악되지 않는 장소를 발견하는 일이다.

최후의 자연스러운 현상인 것처럼 산책이 있다.
산책의 시도로서의 장소

우리가 멈춰 서서 꺼낼 것이 아무것도 없는 장소

두 손을 벌린 채

그러는 수밖에 없어요

　　　　　　　　　　　　　—「최후의 산책」 부분

　그러니 "최후의 자연스러운 현상인 것처럼 산책이 있"는 것이다. 산책이란 무엇인가? 자신이 도달해야 할 목표가 없는 걸음, 특정한 동기와 목적에 지배받지 않는 인간의 몸짓이다. 산책의 유일한 목적이 있다면 그것은 목적을 잃어버린 산책, 나아가 목적을 잃어버리기 위한 산책을 시도하는 일 자체일 수밖에 없다. 산책을 위한 산책을 시도하는 주체가 마침내 발생시키는 것은 "아무것도 없는 장소", 없음을 배태한 장소, 그래서 그 자신도 꺼낼 것이 '무'밖에 남아 있지 않은 장소이다. 그곳에서는 내 주머니에 "도시가스 사용 고지서"(「도시가스」, p. 46)만 들어 있는 것이 아니라, "그러는 수밖에 없어요"라는 절묘하면서도 아름다운 형식의 문장으로 도달할 수밖에 없는, 소진 불가능한 '무' 역시 함께 들어 있다.

　그곳은 어디이며, 어떻게 가야 하는가? 반복하거니와 "그리 멀지 않은 곳"(「근린공원」)에 있다. 세계는 삶의 전역을 장악한 지 오래이고, 매일매일의 "일상생활이라는 테마"(「가스관」)로부터 벗어날 수 있는 곳은 없다. 그렇다면 여기가 로도스다. "멀리 갈 필요가 없다./갑자기 떠오른 것처럼 건물 옥상으로 올라가면 된다"(「옥상」).
아이러니하게도 무는 현실로부터 동떨어진 어떤 먼 곳,
일상으로부터 분리된 특수한 시공간을 가리키지 않으며
다만 세상 모든 건물들의 옥상처럼 어디에나 편재해 있
다. "아무것도 없는데 그냥 한 걸음씩 떠오르는 것처럼
걸어"(「해피 뉴 이어」)가다 보면, 예상치 못한 계기를 통
해 갑작스럽게 눈앞에 부상하는 다른 세계가 보이기 시
작한다. 그러니 "아무것도 없어도 된다"는 생각으로 "가
보았던 곳을 다시 가"게 된다면, 비로소 "산책하기 좋은
곳이 정말 많"(「운동을 시작해볼까요」)다는 것을 자각하
게 될 것이다. 단순히 많기만 한 것이 아니다. 그곳에 이
르게 된다면 시인이 펼쳐놓은 적나라한 표면의 세계, 세
계로서의 표면이 예상보다 명랑하고, 생각보다 아름다
우며, 무엇보다 광활하다는 사실이 밝혀질 것이다. 그 보
이지 않는 무의 광장에서 소진된 인간들은 "오늘 다시
한번/햇살이 비치는 무기력과 만날 것이"(「완전한 나무
들」)고, 다음과 같은 아름답고 이상한 대화를 시작하게
될 것이다.

실성한 사람을 본다. 모퉁이에 서 있는 사람

듣는 사람도 없는데 혼잣말을 하고 있다. *여긴 우리 동
네가 아니야*

우리 동네 다녀왔어요

그는 이상한 유니폼을 입고 있고 즐거운 것처럼 보이고

파란 유니폼을 입어서 즐거운 말을 안 할 수 없고

누구에겐지 또박또박 말하고 있다. *우리 동네는 오랜만에 아주 넓어*

그를 지나칠 때 그의 말은 끝나지 않아서

금이 가지 않아서

또렷하게 들린다. *우리 동네서 뭐 하니*

그의 말에 박자를 맞춰 걷는다.

그래 우리 동네 호프집에 가서 흑맥주를 마실 거다.

흑맥주를 마시기에 좋은 오후

아무 자리나 괜찮습니다, 이렇게 말하고 성큼 걸어 들어가

혼자 커다란 홀에 앉아 있을 거다.

—「흑맥주 마시러 가는 오후」 부분